COMME UN ENCHANTEMENT

Née en 1970 à Nancy, Nathalie Hug a publié depuis 2006 quinze thrillers avec son mari Jérôme Camut dont la tétralogie *W3* (Prix des lecteurs du Livre de Poche en 2014 pour le premier tome *Le Sourire des pendus*) et celle des *Voies de l'ombre*. Elle est également l'autrice, en solo, de *L'Enfant-rien*, *La Demoiselle des tic-tac* et *1, rue des Petits-Pas*. Nathalie Hug a reçu le prix Coup de cœur de la Griffe Noire (Saint-Maur-des-Fossés) pour l'ensemble de son œuvre.

Paru au Livre de Poche :

1, RUE DES PETITS-PAS
LA DEMOISELLE DES TIC-TAC
L'ENFANT-RIEN

Avec Jérôme Camut :
3 FOIS PLUS LOIN
LES ÉVEILLÉS
ILYA KALININE
LES MURS DE SANG
LES VOIES DE L'OMBRE :
1. Prédation
2. Stigmate
3. Instinct
4. Rémanence

W3 :
1. Le Sourire des pendus
2. Le Mal par le mal
3. Le Calice jusqu'à la lie

NATHALIE HUG

Comme un enchantement

CALMANN-LÉVY

ISBN : 978-2-253-07871-5 – 1re publication LGF

À Fati Arar, la fée de la rue Marcadet,
qui rendait les gens heureux.

« Tu deviens responsable
pour toujours de ce que tu as apprivoisé. »

Antoine DE SAINT-EXUPÉRY

Prologue

Giuseppe Giangrandi est si vieux que la peau de son visage, tannée par le soleil et plaquée sur ses os, lui donne l'air sévère d'une momie égyptienne. Pourtant, ses traits sont adoucis par le sourire de gosse qu'il arbore en examinant l'escarpin rouge tout juste assemblé. Cette fois encore, ses doigts tordus par des années de labeur n'ont pas tremblé lorsqu'il a levé le patron, piqué la peau et paré la semelle, et il se félicite de la qualité du repliage et de l'aspect du cuir, lisse et brillant comme une cerise.

Aujourd'hui, Giuseppe a œuvré avec la sensation d'avoir vécu quatre-vingt-dix-huit années pour arriver à ce jour singulier, même si rien n'est différent de d'habitude. Il s'est réveillé avec le chant des oiseaux, vers cinq heures trente, et il a sifflé avec eux, comme tous les matins. Ici, dans ce petit village d'Émilie-Romagne qu'il n'a jamais quitté, les piafs se lèvent toujours à la même heure, allez savoir pourquoi…

Les gens racontent que c'est à cause du réverbère, planté en bas du chemin bordé de rocailles, qui serpente jusqu'à la maison. Giuseppe préfère imaginer qu'ils chantent pour lui, que ce sont ses *oiseaux par-*

ticuliers, ses petits becs moqueurs, ceux que sa mère nourrissait dans le noisetier quand il était môme.

Pour qui chanteront-ils après son départ ?

Cette question, Giuseppe se la pose souvent depuis qu'il traîne chaque jour un peu plus sa carcasse. Il est si voûté, si proche de la terre fertile de son Italie natale qu'il semble prêt à y retourner à chaque instant.

Comme tous les matins, il a bu son café dans son atelier, vaste pièce baignée de lumière, les yeux perdus au loin dans le vert profond de ses chères vallées.

Comme tous les matins, il n'a pas eu besoin de grand-chose : un *ristretto*, la beauté de ce qui l'entoure, la douceur des fruits de son jardin et le souvenir de Philomène, son magnifique amour, parti bien trop tôt. C'est en pensant à elle qu'il a fabriqué cette paire d'escarpins rouges, il les a modelés pour ses pieds menus. Les plus jolis du monde à ses yeux.

Dieu sait combien il en a vu, dans sa vie d'artisan chausseur, des pieds. Tous ont gravi le chemin jusqu'à son modeste atelier pour s'offrir un écrin à leur mesure… riches ou modestes, grands ou petits, plats, tordus, griffus, boudinés, égyptiens, grecs, beaux ou laids, secs ou couverts de cors. Mais jamais, au grand jamais, aussi gracieux que ceux de Philomène. Étroits, princiers, de longs orteils aux ongles parfaits, une peau dorée, douce, un talon rond et ferme, une voûte élégante.

Giuseppe est tombé amoureux de ces pieds-là, alors qu'il devait leur confectionner des souliers en cuir ivoire, lacés de rubans d'organza, censés la porter jusqu'à l'autel. L'histoire ne dit pas s'il était déjà séduit quand ses mains ont ensorcelé Philomène, avec cette façon qu'elles ont de prodiguer des caresses dont l'écho ondule de la nuque aux chevilles, ou s'il se contentait de rendre hommage à sa beauté, avant de succomber à son tour.

Simplement les yeux se sont accrochés, les bouches se sont souri, et quand les langues se sont enfin parlé, l'amour leur était déjà tombé dessus, avec son habituelle espièglerie.

Les chaussures de mariage ont été expédiées, le marié s'est impatienté à l'église, avant de comprendre. Un peu de temps a passé, et Philomène s'est présentée un beau jour avec sa valise, en bas du chemin, sous le réverbère.

Jamais Giuseppe n'a chaussé sa belle. Il faut dire qu'il aimait toucher ses pieds nus et prenait bien plus de plaisir à prendre leurs mesures qu'à les habiller. Quant à Philomène, elle préférait ses bottes de jardinage ou ses sabots à n'importe quel soulier.

Giuseppe serait bien incapable d'expliquer pourquoi il a confectionné ces chaussures rouges, car personne ne les lui a commandées. Il se plaît à imaginer qu'elles sont comme un *dernier petit plaisir avant la route*. Cela fait tout de même près de cinq décennies qu'il attend qu'on veuille bien de lui là-haut, des décennies traversées sans une plainte, seul dans son atelier niché à flanc de colline. Giuseppe n'en veut à personne, il a vécu au milieu des souvenirs, rempli du bonheur de ces années partagées avec celle qui était née pour lui. Ni Dieu ni la fatalité ne sont responsables de ce qui est arrivé. C'est comme ça, et c'est tout.

Il a mis tout son cœur dans la fabrication de cette paire d'escarpins, application, précision et tendresse, pour qu'après lui subsiste ce merveilleux amour cueilli ici, entre ces murs, et dont il a été béni. À travers ce cuir si habilement travaillé, c'est un peu comme si sa main enveloppait une dernière fois les pieds de Philomène, ultime caresse d'un amant à sa belle pour que perdure la magie.

Il en a sous les doigts, Giuseppe, même s'ils sont noueux comme de vieilles branches, il a ce don de façonner, d'extraire d'une peau rigide et terne une matière souple et vivante, aux formes sublimes.

Quand vient l'instant miraculeux entre tous, celui du mariage, le cœur de Giuseppe déborde tant qu'il en a les larmes aux yeux. Fixer la tige à la première de montage et regarder enfin l'objet achevé, c'est ce qu'il préfère. Sauf que cette fois, il a donné un léger coup de canif au contrat.

Là encore, il ignore pourquoi, peut-être le vent jouant entre les branches des aulnes et des peupliers le lui a-t-il soufflé, ou alors le pépiement joyeux de ses *oiseaux particuliers*, nichés dans les oliviers, à moins que ce ne soit ce papillon facétieux, venu se poser sur le bout de son nez, alors qu'il parait la semelle.

Cette paire d'escarpins-là doit changer le cours des choses, c'est tout ce qu'il sait. Ainsi a-t-il affecté l'un des talons d'une faiblesse pour qu'il se brise, si la dame aux pieds menus qu'il imagine se prenait à courir avec.

Jamais il n'avouerait que l'idée de fabriquer une paire de chaussures aussi joliment frelatée qu'un alcool de contrebande l'a rendu joyeux. Alors, Giuseppe retarde l'instant, il respire les odeurs du printemps qui s'engouffrent entre ses murs, cherche à les reconnaître les paupières closes, hume le parfum des roses, du chèvrefeuille qui s'accroche à sa maison, et celui des cerisiers en fleur.

Ses mains fatiguées tremblent lorsqu'il entrepose son ouvrage sur du papier de soie. Les escarpins luisent sous la lumière comme deux fleurs écarlates avant de disparaître dans leur délicat emballage.

À l'intérieur d'une grande boîte à savon qu'il a fabriquée lui-même, il glisse une carte de visite à son nom, puis il y range les chaussures, avant d'enfermer le tout dans une malle en bois, au milieu d'un fatras d'objets sans valeur. Il en a l'intuition, celle à qui ces merveilles sont destinées saura les trouver.

Ou elles la trouveront.

Après avoir nettoyé ses outils, Giuseppe écrase de plusieurs coups de marteau les moules à pieds, aux mesures de Philomène, et débarrasse l'atelier des débris de bois et des chutes de cuir et de tissu. Son œuvre s'achève avec cette belle journée. Pendant que les collines avalent son dernier coucher de soleil, il boit un verre de lambrusco sous la tonnelle. Puis, les yeux tournés vers ces vallées romagnoles qui l'ont vu grandir, Giuseppe siffle avec les oiseaux pour une dernière conversation enchanteresse, comblé de rejoindre enfin sa belle.

PARTIE I

1

Paris, de nos jours

Je n'avais jamais entendu parler de l'Émilie-Romagne avant qu'un certain Monsieur X, notaire situé rue Anatole-de-la-Forge à Paris, m'adresse un courrier m'informant que j'étais l'unique légataire d'un très vieil homme mort en Italie six ans plus tôt.

S'il me tardait de découvrir la teneur de ce mystérieux héritage, j'espérais surtout que ce serait l'occasion d'exhumer les vestiges de mon histoire, mes parents ayant eu la manie de bazarder les souvenirs et d'entretenir l'omerta sur le reste de la famille, au prétexte qu'elle n'en valait pas la peine.

Et voilà que j'apprenais, par l'entremise d'un parfait inconnu au profil d'aigle ébouriffé, qu'une de mes bisaïeules avait donné naissance à un enfant illégitime nommé Giuseppe Giangrandi, le frère si bien caché de mon ancêtre maternelle que nul n'en soupçonnait l'existence. Surtout, il subsistait, de la famille de mes parents disparus, une ferme dans la région de Parme, l'endroit idéal, selon les sites de voyagistes, pour établir une maison d'hôtes spéciale citadinsen-manque-de-nature, à condition d'avoir l'envie, les moyens et le courage de relever des ruines.

Ruines ou pas, une ferme à la campagne, c'était le paradis ! Il faut dire que j'occupais un minuscule appartement où il fallait grimper sur une chaise pour admirer une forêt de toits en ardoise et un morceau du dôme du Sacré-Cœur. Béni soit ce grand-oncle demi-maternel qui avait eu la bonne idée de me désigner comme unique légataire !

« Il ignorait votre existence, me refroidit le notaire, opposant à mon air béat un joli sourire aux canines pointues. C'est après cinq ans de recherches et deux cent mille euros de dépenses que je suis enfin parvenu à mettre la main sur vous. D'après mes calculs, le fruit de la vente de ce patrimoine vous permettra d'acquitter les honoraires du généalogiste. Peut-être même devrez-vous mettre la main à la poche… Comprenez-vous qu'accepter cet héritage peut vous ruiner ? »

Oh oui, je ne le comprenais que trop bien ! Après le paiement des impôts sur la succession, les frais de l'aigle ébouriffé et la facture du cabinet chargé de me retrouver, il ne resterait plus rien de la ferme. Rien de mon ancêtre, ni de son histoire et de la mienne, sauf peut-être une malle remplie de bric-à-brac, et encore.

Pourtant, alors que je n'y avais jamais songé, je ressentais l'envie de fuir Paris et la vie monotone que je m'y étais construite. Et puis, l'idée de découvrir un peu de mes racines titillait ma curiosité.

Mes parents s'étaient-ils échinés à renier nos ascendants pour me protéger d'une douloureuse histoire familiale, d'un ancêtre *camicia nera*, psychopathe, violeur ou tueur en série ? Tonton Giuseppe était-il un monstre ? Avais-je hérité de l'antre de Barbe-Bleue ?

Brrr...

Non, bien sûr, j'en étais convaincue, et cela ne m'enchantait pas. Je crois que j'aurais préféré que papa-maman m'isolent de mes contemporains pour couvrir un terrible secret familial plutôt que par égoïsme ou narcissisme.

La réalité était que mes parents s'aimaient tant qu'ils n'éprouvaient pas le besoin de fréquenter le monde extérieur, m'entourant d'une sorte de trou noir relationnel. Et ce vide dans lequel ils m'avaient élevée, puis abandonnée, caractérisait ma vie. À trente-cinq ans, je traversais les années sans envie, sans émotion, sans autre but qu'aller vers la mort.

La plupart du temps, on ne se souvenait ni de mon visage ni de ma voix, je ne donnais ni ne prenais rien à personne. Les amis, les amants et les emmerdes glissaient sur moi et peu importe, puisque, à l'inverse de mes parents dont j'étais le prolongement involontaire, je ne comptais ni m'attacher ni me marier et encore moins procréer.

Je ne quittais ma cape d'invisibilité que lorsque la nature me rappelait à l'ordre. Une petite robe noire, une alliance factice, le bar d'un grand hôtel ou d'une boîte à la mode, et le tour était joué. Ce n'est d'ailleurs qu'en ces occasions, plutôt rares, que j'appréciais le reflet que me renvoyaient les miroirs. Oui, je rêvais d'être belle juste une journée, ne serait-ce que pour cesser de m'ennuyer en me regardant. Être belle et con à la fois, selon les mots de Brel, jouir du plaisir simple d'être convoitée sans raison et sans conséquence.

Malheureusement, et malgré tous mes efforts, jamais je n'étais parvenue à ce résultat, jusqu'à ce que ma route croise celle de mon charmant notaire !

Je dois avouer que sa façon de porter des jeans délavés et des chemises trop justes n'avait pas tardé à mettre mes hormones en ébullition. Pourtant, aucune des techniques habituelles : sourire, croisement de jambes, œil fripon – l'alliance était inutile, puisqu'il connaissait mon pedigree –, ne fonctionna. Il semblait hermétique à mes tentatives de séduction.

Mais quand je lui annonçai que non seulement je partais en Italie et que si la maison me plaisait, j'envisageais de vendre l'appartement de Montmartre pour racheter mon héritage…

« Et pourquoi pas refaire ma vie là-bas ? »

… je me vis, pour la première fois, belle et con dans les yeux d'un homme. Cette grisante sensation me consola presque de n'avoir su obtenir ses faveurs. Presque, parce que si cet homme-là avait peu de manières et encore moins de conversation, il débordait de sensualité.

En réalité, l'idée de m'enterrer dans un trou en ruine au fin fond de l'Émilie-Romagne me hérissait le poil, pire encore, me donnait l'impression de mettre un pied dans la tombe. Un aller-retour suffirait à satisfaire ma curiosité.

J'en profiterais pour goûter au lambrusco, au jambon de Parme et abandonner trois jours de ma solitude au charme latin, à défaut de m'envoyer en l'air avec mon charmant notaire.

Rallier l'Italie en avion, c'était aussi simple que de prendre le bus ou le métro. Et finalement, cela avait du bon de ne rien devoir à personne. J'imaginais sans peine combien il eût été déplaisant d'être empêchée par un patron mal luné, une collègue en congé maternité, des parents dépendants, un mari jaloux, des enfants en bas âge ou, pire, des adolescents à problèmes.

Sans compter le matou, les plantes vertes et *tutti quanti*.

La transparence a cela d'avantageux qu'elle nécessite un sens de l'empathie proche de zéro. Ne jamais s'engager dans une relation, même avec un cactus. C'est le prix pour ne pas souffrir. Et pour cela, croyez-moi, j'avais eu de brillants professeurs ! Si mes parents avaient veillé à ce que je ne manque de rien, ils m'avaient surtout enseigné les vertus de l'égoïsme. Ainsi de leur principe : éviter les autres pour ne pas être contaminé par leur malheur ; j'avais édicté le mien : ne pas ressentir pour ne pas subir.

Oh oui ! J'étais si seule que nul, en dehors du notaire au cul rebondi qui veillait sur mon héritage, ne se serait aperçu de mon absence si, par malchance, mon avion s'était crashé dans les Alpes, ou que ma voiture de location avait chuté dans un ravin.

D'ailleurs, mon imagination, familière compagne de mes jours déserts, s'était amusée à échafauder de multiples *scenarii* dont celui de ma mort, et je m'étais figuré avec ironie mon impétueux Monsieur X pleurant sur ma tombe, ou visitant mon appartement lors de la liquidation de mes biens, en quête d'un souvenir de moi.

Serait-il surpris de découvrir que mes placards étaient remplis de vêtements déclinés en plusieurs exemplaires, que je dormais sur un matelas, la tête sous le velux pour voir les étoiles, que je ne possédais aucun bibelot ou souvenir de voyage, et que mon seul trésor était constitué de centaines de romans anciens en version originale reliés, écrits dans une langue germano-gothique que nous étions rares à déchiffrer, et dont la plupart sentaient le moisi ?

Probablement serait-il désarçonné de constater que personne ne s'inquiétait de ma disparition, que mon travail, qui consistait à traduire des notices allant du mode d'emploi d'un préservatif à celui de matériel HI-FI high-tech, m'était commandé à distance par des gens que je n'avais jamais vus. Il chercherait alors des photos de famille, des mots d'amour ou un journal intime où je m'épancherais.

Comme ce serait mal me connaître !

Fouillerait-il mon tiroir à culottes, mon armoire à pharmacie, ma panière de linge sale, se précipiterait-il pour suivre mes pas en Italie, m'imaginant rescapée d'une catastrophe, ou se fantasmant comme mon sauveur ?

S'il arrivait jusque-là, peut-être ne trouverait-il plus de moi que la Fiat louée à Parme qui m'avait lâchée à l'entrée du village. De toute façon, le pire m'était déjà arrivé lorsque, le jour de mes seize ans, un coup de fil m'avait informée du double suicide de ma seule famille. Malgré l'absence de lettre, il ne faisait aucun doute que mes parents avaient mis fin à leurs jours en ingurgitant le même poison.

Point final.

Pourquoi ?

Je n'ai pas cherché à le savoir, puisqu'ils n'avaient rien voulu me dire. Je me rappelle seulement avoir pensé : *Aujourd'hui maman est morte, ou peut-être était-ce hier*, juste capable de plagier Albert Camus, tant il ne se passait rien à l'intérieur de moi.

J'avais vu tant de gens hurler dans le deuil, se tordre de douleur, s'effondrer, les visages se déformer, les gorges s'étrangler, que j'imaginais vivre la même chose. Eh bien, non ! Que mes parents m'excluent de leur mort comme ils m'avaient exclue de leur vie ne m'avait pas chamboulée. Il faut dire qu'ils s'étaient échinés à m'apprendre à boucler mon cœur à double tour. Peut-être estimaient-ils que j'étais prête à voler de mes propres ailes.

L'annonce fatale digérée, j'avais réfléchi à ce que cela signifiait : modifier mon emploi du temps de lycéenne, réglé au millimètre, pour vider leur maison, remplir des papiers, préparer les obsèques, prendre tout un tas de décisions alors que je n'avais évidemment jamais accompli ces démarches.

Devrais-je m'habiller de noir ? Organiser une messe, envoyer des faire-part de mort comme c'est l'usage à chaque naissance ?

Finalement, je n'eus à me préoccuper de rien. À peine avais-je fini de m'interroger sur nos us et coutumes que la maison familiale était débarrassée, et les cendres de mes parents dispersées selon d'ultimes volontés auxquelles j'avais été moins associée que l'employé des pompes funèbres.

Il ne me revenait que l'urne, vide.

Papa et maman sont morts aujourd'hui, ou peut-être était-ce hier ?

Rien n'avait changé. Je ne les voyais pas moins, je ne les entendais pas moins, je ne les sentais pas moins non plus. Un argument supplémentaire pour conserver ma cape d'invisibilité. Je me rappelle avoir songé qu'à ce train-là elle deviendrait aussi dure que du béton armé.

Lorsque je me suis envolée pour l'Italie, vingt ans plus tard, elle était aussi épaisse que le sarcophage de la centrale de Tchernobyl. Il y avait évidemment un corollaire à cela : une seule fissure, et c'était la catastrophe nucléaire.

Niveau 0[1]

L'écart est un événement
ne revêtant aucune importance.

1. Librement inspiré de l'INES (International Nuclear and Radiological Event Scale).

2

La nouvelle de l'existence d'une héritière parisienne affublée d'un nom de garçon – je m'appelle Eddie, allez savoir pourquoi ! – avait couru les ruelles, et il avait suffi que j'y traîne ma valise à roulettes, aussi épuisée que moi, pour être démasquée. Pourtant, j'avais prévu de me rendre *incognito* à l'auberge voisine de la ferme de Giuseppe pour le plaisir d'entendre les gens cancaner. Le polyglottisme a cela d'amusant, lorsqu'on ignore vos aptitudes, qu'il permet d'espionner les conversations.

Raté !

La *Castellana*, ainsi me surnommait-on déjà ici, fut accueillie à l'italienne par la propriétaire des lieux : des pansements antiampoule, des biscuits maison aux amandes, le remorquage gratuit de ma voiture de location… sans compter la moitié de la population du bourg, si l'on considère l'excellent ratio candidats à l'apéritif/nombre d'habitants.

Veuve endurcie et déesse sexagénaire aux multiples talents, Anita Maretto – que tous ici, je l'apprendrais très vite, surnommaient Amaretto – tenait à la fois les rôles d'aubergiste, cuisinière, postière, épicière, mercière, garagiste, psychologue, infirmière, apothicaire, et se réjouissait de voir enfin une nouvelle tête. Ici, en dehors de quelques touristes assez fous pour avoir envie de s'égarer au milieu de nulle part, il ne venait jamais personne.

Comme à mon arrivée les anciens se mirent à cancaner en gallo-romagnol, je me présentai dans leur dialecte. Cela me valut leur respect immédiat et un verre de chianti offert par la maison ! Quand j'eus trinqué à la cantonade, on m'informa que mon existence en avait surpris plus d'un. Tous ici pensaient que le *vecchio pazzo* n'avait pas d'héritier et que sa ferme serait bradée aux enchères ou tomberait dans l'escarcelle de la région qui, en fonction de son bord politique du moment, la rénoverait pour y établir un centre de vacances ou l'abandonnerait à la décrépitude, et que la propriété, forte de nombreuses parcelles, serait démantelée.

De l'avis général, le site était dangereux ; des pans de mur centenaires s'écroulaient sur les flancs de la colline et le sol, veiné de souterrains, pouvait s'effondrer sous les pieds des plus téméraires. D'ailleurs, un panneau dissuasif avait été cloué sur le portail pour éloigner les curieux.

Quand avais-je l'intention de vendre mon bien ? Certains paysans du coin étaient intéressés par les terres et souhaitaient se positionner.

Laissez-moi le temps d'arriver !

Les questions sur mon ancêtre me brûlaient les lèvres : qui donc était Giuseppe ? Comment avait-il vécu si longtemps, si seul ? Et pourquoi ?

Entre deux sourires qui me donnaient envie de l'embrasser et plus encore, Monsieur X m'avait succinctement éclairée : fils unique, mon aïeul avait étudié l'art de maître chausseur à Bologne et avait établi son atelier dans une dépendance que lui louaient les propriétaires de cette ferme, qu'il avait fini par acquérir grâce au succès de ses créations. On venait de loin pour se faire confectionner des souliers sur mesure par le grand GiuGi de Parme.

Puis il y avait eu Philomène, qu'il avait épousée. Personne ne sut jamais pourquoi cette fille de la ville s'était installée ici, toujours est-il qu'ils vécurent heureux, jusqu'à ce qu'une grave infection du sang ne l'emporte, condamnant Giuseppe à un demi-siècle de solitude. L'amour qu'éprouvait mon ancêtre pour sa femme m'apparut alors dans toute sa puissance ; il n'avait pas choisi de fuir la douleur et le manque dans la mort.

Vous me trouverez peut-être sévère, mais la colère était tout ce qui me restait de l'enfance, dont j'avais oublié l'essentiel. J'avais le vague souvenir d'une fillette sage et appliquée, avide de reconnaissance, comme l'humanité dans son ensemble, et c'était tout.

Qui j'étais aujourd'hui pouvait se résumer à ce que pensaient les gens d'ici : une héritière parisienne, un poil godiche, armée d'un caractère de bourrique, maniant la dérision avec plaisir et obsédée par le cul rebondi de son notaire.

Bref, si les villageois n'en savaient guère plus que ce dernier sur mes ancêtres, les rumeurs allaient bon train, et je constatai qu'elles étaient inversement proportionnelles à la taille du bourg.

Et plutôt farfelues…

D'aucuns me soufflèrent que Giuseppe avait été ensorcelé par des esprits si maléfiques que nul n'avait jamais osé habiter là-haut – avec le temps, la ferme avait hérité du nom de *castello infestato*, autrement dit, « château hanté ». D'autres, plus pragmatiques, parlèrent de lui comme d'une légende locale, un excentrique solitaire qui avait fabriqué des chaussures fantômes pendant plus d'un demi-siècle, cloîtré dans une propriété délabrée. D'autres encore prétendirent qu'il était si fou qu'il tirait sur quiconque posait le pied sur ses terres, abandonnant des hectares de vigne et d'oliviers, sans compter les vergers, à la férocité de la nature. Les derniers, enfin, certifièrent qu'une partie de lui était morte au décès de Philomène et que l'entité qui hantait les lieux n'était rien d'autre que son désespoir.

Aurions-nous quelques points communs, lui et moi ?

Amaretto et les habitants du village eurent beau s'échiner à me dissuader de visiter le *castello*, et tenter de me convaincre de vendre au plus vite, crier que cette expédition relevait de l'inconscience, voire de la folie, nul ne parvint à me décourager.

Lorsque j'eus achevé mon chianti, je montai ma valise dans la chambre, aussi vieillotte et charmante que je l'imaginais, enfilai un jean et des baskets, les talons et les orteils bardés de pansements, et pris le chemin de la ferme avec entrain. Je ne craignais ni les esprits ni les *fantasmi*, au contraire, ils m'intriguaient. Au mieux satisferaient-ils ma curiosité, au pire me donneraient-ils l'espoir que la mort n'est pas la fin de tout !

Après une bonne heure de marche, la ferme de Giuseppe m'apparut au détour d'un virage, et je crus avoir la berlue. Érigés à flanc de colline, d'immenses bâtiments fortifiés s'accolaient les uns aux autres dans un vaste ensemble dominant la vallée. Au milieu d'une végétation dense et sauvage, les murailles blanches du pigeonnier reflétaient la lumière du soleil qui rebondissait sur le corps principal, rehaussé d'une galerie ouverte sur des arches en demi-lune où l'on s'attendait à voir apparaître d'élégantes silhouettes des temps jadis.

Je pris un plaisir fou à grimper à l'assaut de la colline, le long de cette voie sinuant à travers la campagne, où les vignes s'alignaient sur les coteaux, bordés de buissons de fleurs et de cyprès, moi qui n'avais depuis toujours, pour seul terrain de jeu, que les escaliers de Montmartre.

En parvenant au portail, je ne pus m'empêcher de noter l'incongruité de la présence d'un réverbère dans cet endroit où la nature emportait tout. Je crois que je m'accrochais à l'idée que rien ne pouvait être parfait, trop enivrée par ce que mes yeux découvraient.

Les grandes clés à la main, plantée auprès d'une boîte aux lettres sur pied, si rouillée qu'elle tenait debout par miracle, j'hésitai au bas du sentier escarpé et caillouteux que les herbes et les arbustes avaient envahi, intimidée par la pancarte rouge qui alertait les curieux :

Nul doute que les bonnes âmes du village ne mentaient pas lorsqu'elles prétendaient que Giuseppe vivait reclus. Aucun véhicule ne s'était aventuré par ici depuis des décennies. C'est donc avec prudence que j'empruntai le chemin vers ce mystérieux héritage, expérimentant au milieu des papillons et des abeilles ce que je crois être de l'émerveillement. Même le fouillis des herbes folles mêlées de fleurs, le soc de charrue abandonné, entortillé de vigne sauvage, et les champignons qui colonisaient les troncs d'arbres, formant des escaliers en colimaçon pour lutins des bois, tout était beau.

En découvrant la ferme fortifiée, je fus éblouie par le jeu d'ombre et de lumière teintée de rose que renvoyaient les chênes et les aulnes sur les façades en pierre d'Istrie, émue par chaque volet décroché et grinçant dans le vent, chaque carreau brisé qui renvoyait le soleil en autant d'éclats.

Dans le jardin niché entre les bâtiments en U, un tilleul immense abritait un timbre en pierre couvert de fleurs et une balançoire de fortune – planche pourrie et corde effilochée. J'eus aussitôt envie de m'y bercer, les jambes jetées en avant et la tête renversée en arrière, en avant, en arrière, le regard accroché au feuillage et aux nuages, jusqu'à en avoir le tournis. J'aurais tant aimé passer mes vacances de môme ici, au milieu des champs de lavande et des forêts, plutôt que sur les rives de l'Adriatique. De ces séjours au soleil, je ne retenais que le triste alignement merplage-route-hôtel-voie-ferrée-terrains-vagues jusqu'à l'écœurement.

L'idée que mes parents m'avaient conduite sur cette côte ennuyeuse, à quelques encablures de ces vertes vallées où vivait ce grand-oncle solitaire dont ils connaissaient forcément l'existence, me peina plus encore que leurs autres silences.

Tout ici me plaisait !

Les moellons fendus par le gel, les marches du perron usées par des milliers de passages, la paire de bottes moisies, abandonnée près du décrottoir, le vélo prisonnier du liseron, les outils de jardin, si rongés qu'ils en étaient percés, me conquirent, et je fus troublée de constater, une fois encore, que mon bonheur ne venait pas des gens.

Je poussai la porte d'entrée avec déférence. Non que je me considère comme une étrangère, Giuseppe et moi partagions le même sang, mais il me semblait trahir une légende dont j'ignorais tout.

À l'intérieur, sous les hauts plafonds, le temps semblait suspendu depuis la fin des années soixante et, s'il n'avait fait son œuvre, grignotant le bois des poutres, couvrant les meubles de toiles d'araignées et asséchant les fleurs, j'aurais pu croire que Giuseppe et Philomène venaient tout juste de quitter la maison.

Dans la cuisine, il restait son couteau à lui et une assiette sur la table, de la vaisselle dans l'évier : des bols en porcelaine ébréchés, aux motifs peints à la main, un pot en fonte, des verres à pied décorés et des couverts avec des manches en os. Un meuble en formica abritait quelques casseroles au fond gondolé et leur couvercle en fer-blanc, et je notai, allez savoir pourquoi, que la table et les chaises dépareillées formaient un bel ensemble.

Les larges mailles écrues de son gilet à elle, abandonné sur un dossier, avaient été effilochées par des rongeurs. Je découvris l'un de ses sabots, couché sur le côté, et l'autre oublié au pied du lit défait, dans la chambre voisine. Les draps froissés et couverts de moisissures étaient jonchés d'éclats de plâtre provenant du plafond éventré. Sur les barreaux du lit s'étalait une chemise de nuit en coton jauni, la commode bâillait, tiroirs ouverts, et le trumeau au miroir piqué tenait de guingois sur le manteau de la cheminée. S'il n'y avait eu tant d'escarbilles et de cendres, arrachées au foyer par le vent, j'aurais pu imaginer Giuseppe et Philomène enlacés, roulant sur le matelas.

Dans la salle de séjour que des rideaux de velours plongeaient dans une semi-pénombre, on retrouvait sa trace à lui, un fauteuil façon Louis XV, plusieurs exemplaires défraîchis du journal *Libertà*, et sur le canapé club au cuir déchiré par les ressorts, sa patte à elle, une paire de lunettes et un nécessaire à broder, des aiguilles à tricoter, oubliées sur un tapis élimé aux couleurs fanées et maculé d'urine et de crottes de souris, et en face, contre le mur, une psyché dont les ornements en bois sculpté représentaient des végétaux entrelacés.

Leurs rires résonnaient partout, de la réception au plafond cathédrale à une enfilade de pièces vides, dont les dalles polies luisaient sous le soleil. Elles avaient la couleur de la crème des expressos et le brillant du caramel. Des feuilles, des scarabées morts et des squelettes rabougris de rongeurs tapissaient le sol au milieu de planches et de débris.

À mesure que j'approchais de l'extrémité de l'aile ouest, la lumière se faisait plus vive, et la salle de couture de Philomène, dont les fenêtres donnaient sur la cour de l'atelier, en était baignée.

Ici aussi, je les imaginais sans mal, elle assise à sa machine à coudre, dont il ne restait que la table et des bobines de fil, lui de l'autre côté, vitres ouvertes, se parlant entre deux ouvrages en attendant de se rejoindre sous la tonnelle pour le déjeuner.

Séparé du bâtiment central, l'atelier du chausseur était accroché à la falaise et se prolongeait par une terrasse posée sur un promontoire qui dominait la vallée. L'accès s'effectuait par un chemin bordé de cyprès si anciens qu'ils ressemblaient aux doigts noueux d'une très vieille femme. Ceux qui poussaient du côté du vide avaient été couchés par le vent, forcés de s'incliner devant la beauté du paysage.

Monsieur X m'avait raconté que, après la mort de son aimée, Giuseppe s'était retranché loin du corps principal, figeant le souvenir de ses jours heureux dans un musée intemporel où il pouvait se recueillir.

L'histoire de cet homme contraint à un abîme de solitude n'était-elle pas l'éclatante démonstration qu'il était plus sage de rester transparent aux yeux du monde ?

Dans l'atelier, le nécessaire à une existence simple avait disparu. Sur l'établi poisseux de graisse se dessinait l'empreinte rectangulaire d'un percolateur, juste à côté d'une rallonge électrique en tissu qui n'avait intéressé personne et d'un pot à café brisé. Par terre, dans un coin, je dénichai un verre à expresso dont l'intérieur, souillé d'une couche brunâtre, servait de cachette à une épeire, une bouteille de lambrusco entamée, du vinaigre maintenant, un chiffon, des morceaux de verre, une malle aux arceaux déglingués, un balai aussi ébouriffé que mon notaire et c'était tout.

Les outils du chausseur, ses moules à pieds, les teintures, le cuir, le petit lit ou la banquette sur laquelle il devait se reposer, même ses vêtements, tout avait été emporté, et j'eus le cœur gros à cette idée, malgré le peu d'intérêt que je portais aux choses en général. Bon sang, il s'agissait de mon héritage, il m'appartenait de décider qu'en faire !

J'eus une fugace image de moi, montant la garde devant la ferme avec un fusil ou pourchassant le voleur dans les champs de fleurs, et je me mis à rire. En fuyant Paris pour l'Italie, j'espérais juste rompre mon ennui durant trois jours, et voilà qu'à l'ombre de ces murs se dessinait un autre chemin, comme si le monceau d'objets hétéroclites que j'y avais découvert figurait ma vie.

Le bazar complet, et le vide absolu.

Peut-être était-ce ce qui me plaisait, ce fouillis magnifique, accumulé au fil des ans, personne à des kilomètres à la ronde, la nature aussi indomptée qu'une sauvageonne, et la lumière d'un début de monde – l'espoir d'une *dolce vita*.

3

La première fois que je suis tombé amoureux d'elle, j'avais dix ans. Le mois de septembre s'achevait, il était encore tôt, et elle remontait l'avenue Junot droite dans ses bottes, une urne funéraire à la main.

Mille fois, j'ai voulu raconter cette histoire, et mille fois, j'ai renoncé. Peut-être par peur, par pudeur, peut-être surtout parce que je sentais qu'il serait difficile d'être juste et que les mots enferment ce qui ne demande qu'à jaillir. Après tout, peut-on exprimer l'indicible sans passer pour un imposteur ?

Je m'appelle Joseph Mandrain, comme le contrebandier, à une lettre près. Et pour être tombé amoureux de la même femme à sept reprises, je dois être l'homme le plus chanceux – ou le plus malchanceux – du monde ! Tout dépendra, bien sûr, du point de vue de celui qui lira mon histoire.

Moi qui ne croisais dans ces quartiers chics du nord de Paris que de vieilles dames baladées par des toutous peignés ou des touristes pendus à leur appareil photo, j'ai été foudroyé par la vision qui m'était offerte : un ange, auréolé d'une masse de cheveux brillants comme des fils d'or sous le soleil levant, dont la silhouette, aussi sèche que celle d'un garçon, flottait dans une robe blanche.

Si, à cet âge, je regardais les filles sans émoi, une certitude s'est imposée à moi : cette apparition de l'avenue Junot m'était destinée, et il fallait que je le lui dise, sinon, elle l'ignorerait à jamais.

Cela faisait un moment que je traînais à Montmartre, tous les jours, du matin au soir. Je n'arpentais pas les trottoirs de la Butte par ennui, ou parce que c'était joli – j'ignorais l'histoire de ces maisons empilées les unes sur les autres, qui avaient abrité en leur temps des artistes ou des rêveurs, ou celle de ces vignes qui mûrissaient au milieu d'une nuée d'abeilles –, mais parce que, avec ma trogne de chérubin, je me faisais plus d'argent de poche en quelques heures que d'autres en un mois. Pour remplir la cagnotte destinée à garantir mon avenir, il me suffisait de dépouiller les vieilles dames aux paupières ensommeillées qui promenaient leurs précieux toutous à l'aube.

Mon rêve à cette époque était de devenir aussi célèbre qu'Arsène Lupin, et pour cela, j'étais prêt à toutes les bassesses ! Par chance, j'ignorais la culpabilité. La vie m'avait enseigné qu'elle exigeait de chacun qu'il se batte avec ses propres armes, quelles qu'elles soient. Qu'on dispose d'un bâton, de ses mains nues ou d'une mitrailleuse, peu importe, c'est l'intention qui compte ! L'intention et la volonté de se battre jusqu'au bout… et l'adresse de l'Arabe de la rue de Clignancourt où je refourguais mes larcins contre quelques euros.

Quand j'avais trop faim dans la journée – il n'était pas question de dépenser mon butin –, je m'arrangeais pour me faire embarquer. Là, je retrouvais un tas d'autres gosses des rues, dans une salle où des policiers et des psychologues moralisateurs nous sonnaient les cloches en nous distribuant des sandwiches, avant de nous relâcher dans la nature.

Le soir, je dormais avec ma mère dans l'hôtel miteux où elle travaillait comme femme de chambre et où elle crevait à petit feu pour un salaire de misère, à force de changer les draps de vingt-trois lits par jour et de récurer autant de WC et de salles de bains. Tout ce qu'elle exigeait de moi, c'était de ne rien lui coûter, de me lever avec le soleil et de me coucher avec lui.

Cette simple règle produisait de courtes journées l'hiver et de très longues l'été, que j'occupais par la lecture d'un tas de romans entassés sur trois caisses en bois empilées les unes sur les autres qui nous servaient de bibliothèque. Aujourd'hui, je peux certifier que Stevenson, Verne, Twain, Leblanc, London et quelques autres ont été mes pères de substitution et qu'ils ont enraciné dans mon cœur le goût pour la fronde et l'aventure.

J'étais debout depuis l'aube, ce samedi, battant le pavé en attendant ma première victime de la journée, quand ma future femme est apparue en bas de la rue. Une vingtaine de pas me séparaient de mon ange, il ne me restait qu'une poignée de secondes pour lui annoncer que je voulais l'épouser.

Mais elle m'avait déjà dépassé sans un regard quand, enfin, j'ai trouvé le courage de lui dire ces quelques mots :

— Y a quoi dans ton vase ?

— Lâche-moi, p'tit con !

J'ai bu ses paroles aussi sèches que sa silhouette avec l'avidité d'un assoiffé. Tout me plaisait en elle, même sa voix de garçon manqué.

Je l'ai suivie du regard, songeant avec émotion qu'elle était aussi belle de dos que de face, et qu'elle devait l'être d'en haut, et aussi des côtés, et je me suis juré que je n'aurais de repos que lorsque je l'aurais épousée. Je me souviens aussi qu'avant de disparaître dans le virage elle s'est arrêtée pour me toiser. Elle fronçait les sourcils d'un air sévère et réfrénait une envie de rire.

4

Quand j'annonçai à Amaretto et à la moitié du bourg agglutinée au comptoir mon intention de m'établir au *castello infestato* le temps de mon séjour, la terre trembla. L'explosion de l'auberge n'aurait pas eu plus d'effet. Pourtant, il ne s'agissait que de deux nuits et je n'exigeais pas le remboursement de ma chambre, juste un coup de main pour m'installer.

On gesticula à grand renfort de *porca miseria !*, on geignit en se tenant la tête, on s'accrocha à mes épaules, on m'énuméra d'un ton sinistre les périls auxquels j'allais m'exposer, puis on m'étourdit de questions auxquelles je ne répondis pas, puisque je ne connaissais pas les réponses. Eux savaient mieux que moi : pourquoi avais-je *subito* décidé d'habiter le *castello* ? Elle a été ensorcelée, comme le pauvre Giuseppe ! Il ne faut jamais mettre les pieds là-haut, on n'en revient pas ! Ne craignais-je donc pas les mauvais esprits ? C'est une fille de la ville, elle n'y croit pas ! *Mamma mia !* N'avais-je donc pas conscience que cette maudite colline risquait de m'ensevelir ? *Che disastro !*

Si j'appréciais la compagnie joyeuse et animée des gens du cru, je ne comptais pas m'attarder. Dans ce café à l'ambiance bon enfant, ma cape d'invisibilité se muait en une sorte d'habit de lumière, me rendant aussi voyante que si je m'étais promenée avec un nez rouge ou une guirlande électrique et que j'avais usé d'une corne de brume comme un *tifoso*, et d'autant plus vulnérable.

Intolérable, donc.

Je préférais la compagnie des oiseaux. Celle des fantômes. Ou des deux.

Je prétextai un coup de fil urgent, énonçai ma requête à l'aubergiste et l'accord fut conclu : quels que soient les produits ou le matériel dont j'aurais besoin, elle me les fournirait. Il suffisait de commander et de payer d'avance. Si en plus, au moment de la vente du domaine, je pensais à elle en premier pour les vergers de Giuseppe, ce serait parfait.

Ben voyons !

J'ouvris le bloc-notes que j'avais acheté pour l'occasion et intitulé « Choses indispensables pour un aller-retour en Italie », et j'établis deux listes, une fesse posée sur un des tabourets du comptoir, tout en dégustant un plat de pâtes maison agrémenté de lamelles de viande de bœuf séché et d'une pointe de piment, arrosé d'une huile d'olive délicate, joliment nommée *Gli ulivi di Fati.*

Liste des choses indispensables pour aujourd'hui :
Sac de couchage
Matelas de randonnée
Lambrusco, verre à pied

Papier toilette
Serviette de toilette – gant
Savon à l'huile d'olive – s'il y en a

Pour demain
Pneus (pour le vélo de Giuseppe)
Sacs-poubelle, containers
Bassine et seaux
Éponges, chiffons, torchons, serpillières, balais-brosses
Lessive, détergents biologiques, si ça existe

— Vous voulez louer une voiture en attendant que l'autre soit réparée ? De l'aide pour nettoyer là-haut ? Internet, le téléphone ?

Mon cousin fait ci, mon frère travaille là, mes fils ne sont pas superstitieux, etc. Aussi généreusement qu'elle m'avait nourrie, Amaretto m'abreuva d'informations tandis qu'elle débarrassait les reliefs de mon repas et m'apportait un *ristretto* et une verrine de tiramisu.

Non, merci.

Ni voiture ni ouvrier.

Encore moins Internet et le téléphone.

Rien, je ne voulais rien d'autre que border le soleil sur l'horizon depuis la terrasse de l'atelier, emmitouflée dans une couverture, avec un verre de lambrusco.

Je ne restais que trois jours, autant ne pas en perdre une miette.

Depuis le velux de mon appartement parisien, je ne voyais que des nuages colorés par le soleil, rouges ou violets, parfois même orange quand l'air était assez pollué. J'avais un tel goût pour les couchers de soleil que j'étais capable d'entasser assez de livres pour me hisser dehors par le velux, avancer à quatre pattes sur les pentes en ardoise jusqu'à une plateforme couverte de gravier, m'asseoir sur le rebord, les jambes dans le vide, accrochée à une cheminée comme à une bouée de sauvetage, et regarder le ciel de Paris, avant de replonger dans le gouffre noir de mon appartement à me demander pourquoi je retournais m'y enterrer au lieu de m'envoler six étages plus bas et de m'écraser sur le trottoir.

Noir.

Chargée comme un mulet, matelas et sac de couchage accrochés dans mon dos et un panier à provisions entre les bras, je gravis le chemin vers la ferme au pas de charge. Mes chevilles se tordaient sur les pierres et les cailloux roulaient sous mes semelles, comme s'ils voulaient me ralentir. Peu m'importait de m'écorcher sur les ronces, ou que je manque me rompre le cou, je le désirais tant, ce coucher de soleil, que je forçai le pas. J'arrivai en nage, essoufflée et les jambes tremblant sous l'effort, mais j'arrivai à temps.

J'étalai le matelas sur la terrasse, le calai avec quatre pierres, et, une fois le sac de couchage ouvert, j'attrapai mon verre et ma bouteille de lambrusco, satisfaite d'avoir atteint mon objectif avec une poignée de minutes d'avance.

Enfin ! Tout était parfait dans un monde parfait !

Alors que je m'installais douillettement, avide de savourer ma chance, je m'aperçus que j'avais oublié le tire-bouchon.

Zuuut !

Incrédule, je regardai autour de moi d'abord, et fouillai mon panier à provisions. Il n'y avait bien que les profanes pour imaginer que *toutes* les bouteilles de vin pétillant étaient scellées par un bouchon à champagne. Pendant ce temps, le soleil poursuivait son infernale course au-dessus des oliviers et le ciel projetait de fins nuages en éventail, sur lesquels s'accrochaient les premières lueurs du couchant.

Giuseppe en avait forcément un.

Enveloppée par une obscurité grandissante, je retournai dans l'atelier et ouvris la malle au fatras. Monsieur X m'avait parlé de vandales, mais j'espérais tout de même que son contenu leur avait échappé. Peut-être y dénicherais-je, outre le tire-bouchon que j'espérais, des lettres d'amour ?

Un trésor ?

Le couvercle soulevé, je plongeai avec avidité mes doigts au milieu de chutes de cuir et de tissus. J'y dégottai une grande caisse à savon de fabrication artisanale, présentant un couvercle gravé à la main que j'ouvris, pleine d'espoir…

… vite déçu.

À l'intérieur, je ne trouvai qu'une carte de visite au nom de mon oncle, et un nid de papier de soie qui avait dû contenir une paire de chaussures avant le passage des voleurs. Elle aurait été vieille, moisie, puante, déformée, la semelle décollée, je m'en serais fichue ! C'était un objet que tonton Giuseppe avait façonné, et il me revenait !

Décidément, rien n'est jamais parfait…

Dépitée, je renonçai à fouiller le reste de l'atelier. Dans ma hâte, j'avais négligé d'emporter une ou deux bougies et une boîte d'allumettes.

Cet oubli me définissait si bien ! Moi, l'incapable de penser plus loin que le bout de son nez…

Incapable ? Plutôt trouillarde !

Cela faisait près de vingt ans que j'avais associé le suicide de mes parents à une preuve scientifique qu'être heureux portait malheur. Et cette croyance était si ancrée en moi que j'évitais soigneusement de sourire au bonheur si, par malchance, je le croisais. Franchement, je n'avais pas envie de me prendre une nouvelle ogive nucléaire sur la tête.

Bien sûr, avec le temps, la curiosité avait remplacé le chagrin et je ne m'interdisais plus d'émettre des hypothèses. Mon imagination galopante avait envisagé le pire comme le plus farfelu : l'un de mes parents était porteur d'une terrible maladie et l'autre avait décidé de l'accompagner dans la mort. Peut-être aussi avaient-ils, à l'instar de Stefan Zweig, découvert que ce monde-là était trop cruel, trop fou, trop égoïste pour être vécu, ou bien encore pensaient-ils vivre éternellement en mourant ?

Autant de théories pour une question qui, puisqu'elle restait sans réponse, poursuivait chaque jour un peu plus son ouvrage, creusant son sillon dans les circonvolutions de mon cerveau.

Moi, l'autruche qui avait peur des bombes et passait sa vie cul par-dessus tête et la tête dans le sable, j'avais ma propre maxime : *Rien ne peut jamais être parfait…* Ajoutez le sous-entendu : *… dans la vie* *d'une môme dont les parents se suicident le jour de ses seize ans.*

J'héritais d'une splendide ferme à la campagne d'où je pouvais admirer le plus beau des crépuscules, sauf qu'évidemment il manquait un tire-bouchon de malheur à mon bonheur !

On dit pourtant que rien n'est gravé dans le marbre, à part le nom des défunts, et l'Émilie-Romagne m'en fit ce soir-là l'éclatante démonstration avec la complicité du soleil écrasé sur l'horizon comme une baudruche écarlate, qui jetait sur la pelouse une teinte fluorescente, et celle des oiseaux gazouillant au bord de la terrasse.

Oui, l'Italie entière décida qu'il était temps de tordre le cou à cette croyance, si ancrée en moi qu'elle était devenue une seconde nature, en attirant mon attention à grand renfort de pépiements et d'éclats de lumière sur un morceau de métal argenté, abandonné à mes pieds…

Apparut alors, devant mes yeux émerveillés, un tire-bouchon de vigneron dont la poignée était gravée aux initiales de mon ancêtre !

Impossible, fut ma première pensée, aussitôt chassée par le souffle salvateur de la rébellion, qui me traversa de la tête aux pieds.

L'autruche se redressa et secoua sa tête ensablée.

Et pourquoi ce ne serait pas possible ?

— Merci ! criai-je alors à ce monde nouveau qui m'accueillait en son sein, comme un de ses familiers.

Et pourquoi ce ne serait pas parfait, pour une fois ?

Debout sur la terrasse qui dominait la vallée, comme la Liberté sur son promontoire ou le jésus de

Rio sur sa colline, je trinquai à la mémoire de Giuseppe – *salute !* – et je bus aux oiseaux dont le chant m'accompagnait, je bus au soleil qui m'avait attendue pour se coucher, je bus à l'horizon, aux arbres et aux vignes de mon domaine, à l'Italie, aux généalogistes et à Monsieur X, et je bus à la vie.

Niveau 1

*L'anomalie est une défaillance
ou une erreur humaine ayant un impact
sur le plan de la sûreté.
Plusieurs milliers d'événements de ce type
se produisent chaque année dans le monde.*

5

La deuxième fois que je suis tombé amoureux d'elle, elle avait dix-huit ans et moi douze. Je ne l'ai pas reconnue tout de suite, peut-être l'avais-je oubliée ou ne me restait-il d'elle qu'un souvenir ébloui, dont j'étais incapable de dire s'il était réalité ou fantasme.

L'ange de l'avenue Junot.

J'ai été une nouvelle fois conquis alors qu'elle était accroupie, de dos, au pied des marches de la rue Girardon. Des mèches vertes et violettes dépassaient de son bonnet, elle portait des chaussures de motard cloutées et elle taguait le trottoir, tout en fumant un joint.

Moi, je venais de dévorer en douce le ragoût d'une petite dame un peu plus haut, rue de l'Abreuvoir, histoire de venger l'honneur de ma mère. Et aussi parce qu'il était midi passé, que mon ventre d'orphelin gargouillait de faim et que les fenêtres de cette jolie maison laissaient échapper une odeur délicieuse, qui me fait encore saliver aujourd'hui.

Le seul tort de cette mamie de Montmartre était d'avoir mis au monde l'odieux architecte expert en assurances qui était venu auditer deux ans plus tôt l'immeuble abritant l'hôtel où nous logions.

Les échos de sa visite résonnent encore dans ma tête et dans mon cœur : maman dans ses petits souliers, redoutant de perdre son travail à brève échéance et prenant son courage à deux mains pour lui demander s'il ordonnerait la fermeture de l'établissement. Elle avait juste besoin d'être rassurée, ma petite mère, un mot bienveillant, un geste apaisant ou un simple sourire auraient suffi ! Au lieu de cela, le type avait ricané en la regardant bien en face, et craché qu'il faudrait peut-être songer à dératiser d'abord.

À l'époque je n'avais pas saisi le sens exact de ses paroles, mais je n'ai jamais oublié la honte terrible de maman et son chagrin. J'avais alors qualifié l'odieux personnage de méchant et, en retour, reçu à la figure que, dans la vie, il y a ceux qui ont tout et ceux qui n'ont rien. Et que tant que le petit con que j'étais resterait à sa place, le monde tournerait rond. Dans sa bouche, « ceux qui n'ont rien » signifiait « ceux qui ne sont rien », et ça je l'avais bien compris. Mais puisque, du haut de mes dix ans, je n'avais pas les armes pour le provoquer en duel, les choses en étaient restées là.

Deux années ont effacé l'odieux souvenir, jusqu'à ce que je découvre par hasard que le propriétaire de la Maserati bleu électrique, que j'avais repérée à force de traîner mes guêtres à Montmartre et de tester chaque portière de chaque véhicule garé sur ses rues en pente, dans l'espoir de faire une bonne affaire, c'était lui ! La belle italienne stationnait tous les jeudis rue Saint-Vincent, pas très loin des vignes.

Je n'eus qu'à poser deux ou trois questions à mes potes de galère pour apprendre qu'elle appartenait à un bourgeois qui rendait visite à sa mère une heure chaque semaine, rue de l'Abreuvoir.

J'ai achevé mon repérage à midi passé, la faim au ventre. Et il y avait cette si délicieuse odeur, et l'honneur de ma mère à sauver, etc.

Mais quand la dame s'est mise à sourire de travers en me surprenant en train de dévorer son ragoût dans sa cuisine, je me suis senti stupide. J'ai sauté par la fenêtre, cavalé comme un dératé sur les pentes de la Butte, et c'est là que je suis tombé amoureux pour la deuxième fois.

Pétrifié par ma vision, je suis resté à quelques pas de ma belle accroupie, encore affamé alors que je venais de manger, dégustant chacun de ses gestes comme s'il s'agissait de friandises.

Ses mains s'agitaient avec rapidité et, sous ses doigts tachés de craie, est peu à peu apparue une étrange silhouette agrippée à une faux. J'ignorais alors qu'elle représentait la Mort, tout ce que je savais, c'est que cette jeune fille, occupée à réanimer le bitume à coup de couleurs, m'était destinée.

Mais comment le lui dire ?

La question n'était en réalité que rhétorique tant mon cœur s'amusait à me transformer en une pauvre petite chose ridicule, aussi muette qu'une limace. J'ai songé que si par malheur elle se retournait, elle me marcherait dessus, et je ne serais plus qu'une masse informe et gluante collée à sa semelle.

J'ignore combien de temps je suis resté planté derrière elle, aussi dévasté et luisant de l'intérieur que si j'avais été foudroyé, mais Dieu que ça m'a paru bref ! Ce n'est que lorsqu'elle m'a gratifié d'un « dégage, petit con ! » que j'ai su que cette fille aux lèvres sombres, aux yeux de charbon et aux cheveux verts et violets, dont l'image s'était gravée en moi, était mon ange de l'avenue Junot.

L'ange que j'avais oublié et dont le souvenir me heurtait à présent de plein fouet. J'ai détesté mes bras trop longs, mes pieds de hobbit et ma moustache naissante. J'aurais voulu être un beau gars ténébreux, un prince des villes capable de l'emporter sur son cheval d'acier au lieu de cet orphelin dégingandé et crasseux.

Ma mère n'était pas tout à fait morte un an plus tôt, et je ressentais une douleur sans nom. En la trouvant recroquevillée comme une enfant apeurée, au pied de notre lit, ne me reconnaissant même plus, j'avais compris que, si elle vivait encore, j'étais à présent seul responsable de moi. Épuisée, elle avait décidé de quitter un monde devenu bien trop cruel, froissant et jetant son âme tout au fond d'elle, telle une boule de papier dans une corbeille.

Dans le cœur d'un homme, c'est l'enfant qui pleure sa mère. L'homme, lui, n'a plus besoin d'une maman, et je le sais aujourd'hui. Mais à l'époque, j'étais encore un môme, et j'avais une peur bleue de la vie sans elle.

Longtemps, je l'ai visitée en douce, me faufilant dans le parc à l'aube ou au crépuscule, jusqu'au jour où il m'apparut qu'il était bien plus destructeur de la savoir vivante, chaude, palpitante et aussi vide qu'une coquille de noix rongée par une famille de charançons, que de garder d'elle le souvenir de celle qui me saluait sur le pas de la porte, son chiffon à la main, en me recommandant d'être bien sage.

Je l'ai regardée une dernière fois, en imaginant que dans ses yeux éteints brûlait une ultime étincelle, que ses doigts câlins m'envoyaient un baiser, et je suis parti.

Et alors que mon ange de l'avenue Junot me décochait une nouvelle flèche, je n'ai pas fait montre de plus de courage, au contraire.

J'ai bafouillé : « Y avait quoi dans ton vase, l'autre jour ? »

Puis j'ai déguerpi sans demander mon reste, le cœur en vrac, accroché à ce sourire qu'elle avait eu pour moi la première fois, et dont elle venait de me priver.

6

Je dormis d'une traite.

Aucun fantôme n'était venu me chatouiller les doigts de pied, aucun pas n'avait résonné sur le plancher, aucune silhouette atroce ne m'était apparue et, Dieu merci, aucun couteau n'était planté au plafond.

Castello infestato, haha !

Recroquevillée dans mon sac de couchage, je m'étirai tout en découvrant que les seuls indésirables avec lesquels j'avais passé la nuit étaient des araignées grises et des rongeurs, dont les déjections parsemaient le plancher.

J'ouvris alors mon carnet et commençai une nouvelle…

Liste des choses indispensables quand on vit à la campagne :
Un répulsif maison,
pas question d'empoisonner les bébêtes des champs
Boîtes à piéger les souris sans douleur
Bougies, bougeoirs façon château, et allumettes
Une lampe à pétrole, ça irait bien ici, non ?
Une torche électrique, plutôt !
Ou les deux

La ferme de Giuseppe ne possédait ni tout-à-l'égout ni eau courante, et ses habitants étaient enterrés dans l'enceinte de la propriété, avec vue sur la vallée. Monsieur X, qui avait la qualité de ne rien exiger de moi, m'avait prévenue : ici, on se lave au puits et on utilise les toilettes sèches, installées dans une jolie cabane en bois sous un noisetier. Son toit verdi par les ans et collant de sève était couvert de fruits encore prisonniers de leurs coques et de feuilles pourries qui dégageaient une forte odeur végétale, superbe désodorisant naturel.

Après un rapide passage dans la cabane et de sommaires ablutions, je décidai d'entreprendre une exploration en bonne et due forme de la ferme moyenâgeuse et de ses terrains – peut-être les fantômes ne hantaient-ils que l'aile est ?

Ouh ouh ! Où êtes-vous ?

L'esprit en joie, j'enfilai mes baskets et traversai la cour, puis l'aile pour rejoindre l'entrée. Je m'emplis une nouvelle fois les yeux de ce décor de conte de fées – la cuisine et ses adorables meubles en formica, si désuets qu'ils en étaient jolis, la salle de séjour et sa bienveillante pénombre et la chambre des amoureux qui donnait sur la balançoire et le tilleul – puis je grimpai à l'assaut de l'étage par un monumental escalier à vis en pierre brute.

Le palier, dont la mezzanine surplombait l'entrée au plafond cathédrale, distribuait le grenier de l'aile ouest – je n'y risquai qu'un œil, tant le plancher menaçait de s'ouvrir sous mes pieds – et la galerie aux arches en demi-lune qu'une brise légère caressait.

Je longeai la promenade des quatre vents, ainsi la baptisai je, les yeux emplis des cimes des cyprès qui ondulaient au loin, puis je franchis un passage conduisant au grenier de l'aile est, accolé au pigeonnier, dont l'armature en chêne dégageait une odeur de champignon, de feuilles et d'épines. Les chevilles taillées sur mesure, qui maintenaient l'ensemble depuis des siècles, m'inspirèrent la vision des charpentiers suspendus à leurs cordes au péril de leur vie pour ériger ce splendide ouvrage.

Cette partic de l'édifice que j'explorais à présent avait été bâtie en retrait de la falaise, ce qui expliquait pourquoi elle avait été épargnée par les éléments. Ici, le jour filtrait à travers les tuiles et les minces poutres qui soutenaient les chéneaux. Autour de moi des plumes aussi douces que de la soie virevoltaient, et le fracas des ailes et le chant des tourterelles grandissaient à mesure que j'approchais.

Lorsque j'ouvris la porte du pigeonnier, elles se turent. Seules quelques-unes, peut-être les plus jeunes, laissèrent échapper un roucoulement de surprise. En se dandinant sur leur perchoir, elles se regroupèrent et, serrées les unes contre les autres, gonflèrent leur plumage pour m'impressionner. Elles m'étudiaient d'un regard oblique, les yeux roulant de curiosité. Puis, les unes après les autres, elles s'envolèrent, m'abandonnant au milieu d'une pluie de rémiges.

Les grilles d'envol éventraient la paroi méridionale sur plusieurs niveaux, comme un jardin en escalier s'ouvrant sur la vallée, et le mur opposé, épais et aveugle, préservait les oiseaux des vents mauvais. Le toit du pigeonnier était aussi pointu que celui de la prison de Raiponce, et le parquet, de très larges lattes de chêne couvertes d'une couche de paille mêlée de duvet et de feuilles, ne dégageait aucune mauvaise odeur – contrairement à ce que j'avais pu craindre, moi, la Parisienne, qui voyais en chaque pigeon un rat volant.

Les entendre roucouler pouvait en agacer certains, j'y trouvais du réconfort. Leur chant semblable partout me rappelait les dimanches à la maison, le bruit du vent dans les drisses. C'était en quelque sorte ma madeleine de Proust, bien que je sois incapable d'expliquer en quoi ces dimanches me rendaient nostalgique, puisqu'il ne m'en restait qu'une vague sensation de désœuvrement et la couleur fanée du papier peint à fleurs qui ornait le plafond de ma chambre, et que je n'avais jamais vécu à côté d'un port.

En retournant vers la promenade, je remarquai une pile de livres abandonnés dans un coin, derrière un pilier. *Gatsby le magnifique* y côtoyait les héros d'Alexandre Dumas, de Théophile Gautier et de Maurice Leblanc, mais également ceux de Mark Twain, Robert Vergnes, Jack London, Robert Louis Stevenson et Jules Verne. Amateur de trésor ou aventurier, voleur au grand cœur ou esprit vengeur, certains d'entre eux étaient mes héros préférés !

Les pages des innombrables livres dévorés pour m'évader de ma morne existence et l'obscurité des salles de cinéma où je me réfugiais avec autant d'appétit que si j'avais embarqué pour un tour du monde m'avaient emplie d'images et de souvenirs que, parfois, j'avais fait miens.

Lors de mes rares sorties drague, j'étais capable de m'inventer un passé, une vie, des voyages, des amis, et même – oserais-je le dire ? – de fausses missions humanitaires, enfilant la panoplie de la femme libérée et libre, intéressante et désirable, voire bigrement excitante, que je ne suis pas.

Oui, mon imagination était mon jet privé, mon transsibérien, mon *Black Pearl* et mon Chris-Craft, mon faucon noir, mes patins à roulettes, ma bicyclette bleue, ma Gran Torino, ma trottinette, et pourquoi pas ma Soyouz ! Soyons honnête, la colline d'Émilie-Romagne où je me trouvais constituait la destination la plus lointaine que j'avais jamais ralliée…

J'étais émue de partager ce goût immodéré de la lecture avec mon ancêtre reclus, quand je réalisai que la plupart de ces romans étaient en version originale et que, pour deux d'entre eux, il s'agissait de rééditions postérieures à sa mort.

Comment diable étaient-ils arrivés là ?

Intriguée, je les feuilletai en quête d'une inscription ou d'un marque-page qui aurait pu m'informer sur l'identité de leur propriétaire, en vain. Alors, je les reposai et poursuivis mon expédition. Peut-être trouverais-je plus loin une explication à leur mystérieuse présence.

La promenade des quatre vents s'achevait par un passage donnant sur un couloir ponctué de pièces borgnes, destinées à stocker les conserves, la récolte du potager, les graines et les fruits secs, voire des vinaigriers et de l'huile, si l'on considérait le nombre de flacons abandonnés ici. À son extrémité, je butai sur une nouvelle porte dont la serrure de récente facture jurait avec le reste, et faisait écho aux livres laissés dans le pigeonnier. Comme, à l'évidence, aucune des clés de la propriété ne lui correspondait, je décidai de la forcer. Et tandis que je rebroussais chemin en quête d'un pied-de-biche ou autre ustensile « ouvreur de portes », je me creusai les méninges sur la raison qui avait pu pousser quelqu'un à condamner cette issue.

L'accès au pigeonnier, et donc au corps principal, n'était possible que par le sentier au lampadaire, visible depuis la route, l'enceinte étant fermée par de hauts murs couverts de ronces et le terrain trop abrupt de ce côté de la propriété. À l'arrière cependant, les champs d'oliviers et les vignes descendaient en pente douce vers la vallée. Idéal pour qui voudrait s'introduire dans les bâtiments.

Encore faut-il avoir la clé.

Plongée dans mes pensées, je trébuchai sur une plaque de plâtre moisi et m'étalai de tout mon long. Une vive douleur irradia mon genou, et alors que je pestai contre cette ruine de malheur, je m'aperçus qu'à l'endroit où j'avais chuté se trouvait un poinçon effilé comme un rasoir, assez fin pour se glisser dans le mécanisme de la serrure… et dont le manche était gravé aux initiales de Giuseppe.

Je souris de la coïncidence, remerciai mon ancêtre de sa prévenance sans oublier de râler après ses manières trop taquines à mon goût.

Tonton, si tu pouvais éviter que je me casse une jambe !

Regarde donc où tu marches, ma fille !

Cet endroit avait une drôle d'influence sur moi, car pour la première fois j'en appelais à un fantôme… et, pire encore, je brisais le contrat social qui veut qu'on n'ouvre pas une porte verrouillée si l'on n'en possède pas la clé.

La serrure céda sous les coups du poinçon. Le panneau rebondit contre le mur et, avec l'éblouissante lumière du jour, un sublime parfum de fleurs m'enveloppa.

Un escalier de pierre ancré dans l'enceinte septentrionale de la propriété, étroit et sans garde-fou, surmonté d'arceaux où s'emberlificotaient les branches d'un jasmin étoilé entouré d'une myriade d'insectes, me conduisit dans une cour pavée, envahie de pissenlits, qui desservait une salle immense faisant office de débarras pour outils de jardin. La voie de service menant à l'arrière de la ferme était condamnée par un pan de mur écroulé, juste devant le porche.

Difficile de passer par là.

Je poursuivis mon exploration du bâtiment, en réalité les cuisines originelles du domaine, dont le sol en tomettes vermillon se soulevait comme par vagues. Masquées par une remorque à bras sur laquelle s'entassait un invraisemblable fourbi, apparurent une antique pierre à eau, reliée au puits par des canalisations rudimentaires, plus loin, une table d'hôte au plateau aussi épais que mes deux poings et une cheminée dont l'âtre était capable de m'accueillir debout. Et sous les fenêtres à petits carreaux, dix mètres en contrebas, m'attendait un nouveau trésor : des plants de tomate chargés de fruits, des courgettes, du basilic, de la sauge en pagaille, des fraisiers et des groseilliers, des mûriers agrippés au grillage et des pieds de menthe et de citronnelle mêlés aux fleurs. Un véritable prodige si l'on considère que personne n'était censé avoir pris soin du potager depuis plus de six ans.

Depuis quand les esprits jardinent-ils ?

L'accès au rez-de-jardin – deux étages sous le niveau de la cour – se faisait *via* les caves, qu'on rejoignait par un antique monte-charge manuel et un escalier en colimaçon, situé dans les réserves. Une fois au pied des marches, je foulai un sol en terre battue, enveloppée par une odeur d'humus. Accrochées aux voûtes en pierre, des *pipistrelli* dormaient, sagement alignées la tête en bas, et sur les étagères subsistaient quelques bocaux dont le contenu avait moisi.

Le dédale des caves courait sous tout le corps principal, et plus loin encore, mais armée de la seule lampe de mon téléphone, je n'osai m'y aventurer et suivis la lumière jusqu'à l'extérieur.

Ici, le terrain se jetait dans le vide à ma gauche et s'inclinait en pente douce de l'autre côté. Je vis d'abord le potager, puis les champs d'oliviers et les vergers, à perte de vue.

« Votre ancêtre repose à l'ombre d'un arbre, vous le trouverez sans mal, on l'appelle le chêne aux sorcières. » Les mots de Monsieur X résonnaient encore dans ma tête quand je repérai la tombe de Giuseppe. Il avait été enseveli en pleine terre auprès de Philomène, dans un carré délimité par une simple clôture. Une croix en pierre d'Istrie aux reflets verts et roses était gravée de leurs deux noms. D'autres, plus anciennes, avaient été brisées et recouvertes par la végétation.

Les amoureux gisaient au pied d'un chêne tel que je n'en avais jamais vu. Ses branchages tourmentés et noueux poussaient horizontalement, et ses racines l'ancraient à la falaise telles les serres d'un dragon, prêt à s'envoler. Quelqu'un avait accroché des colliers de perles de pacotille et des rubans d'organdi aux rameaux les plus bas, et des carillons chantonnaient dans le vent. J'ignore pourquoi, leur mélodie me bouleversa.

Jamais je n'étais allée me recueillir dans le jardin du souvenir où l'on avait dispersé les cendres de mes parents. Il m'apparaissait incompréhensible et hypocrite de larmoyer sur (voire de parler à) un vase de fleurs fanées ou un bloc de marbre. J'envisageais aisément qu'il faille un endroit pour ensevelir les corps sans contaminer la terre, mais pas pour pleurer ses disparus. Cendres ou restes abîmés au fond d'un cercueil, il ne restait rien après la mort, qu'une carcasse vide ou calcinée, alors à quoi bon ?

Pourtant, ici, il ne me semblait plus ridicule ni de parler au chêne et aux carillons, ni de pleurer un vieil homme que je n'avais jamais vu.

Je sus alors que chacun de mes pas avait été guidé par ce quelque chose d'indéfinissable tapi entre ces murs.

Était-ce la rémanence de ce qu'ils avaient observé depuis des siècles, les vestiges des tempêtes essuyées, l'écho des rires de mes ancêtres ? Peut-être la voix de cette demeure tout entière, des rochers soutenant ses fondations, des tuiles et des poutres, des moellons érigés vers le ciel, de la terre et de ses fruits, du lierre et de la glycine, ou le vent jouant avec les carillons ?

Je l'ignore mais, agenouillée au pied des tombes, j'eus la certitude que ces remparts crevaient de solitude et que tout ce qu'ils abritaient rêvait d'entendre à nouveau ronronner la cheminée, éclater les bûches, grésiller la viande, voir des légumes et de la vaisselle ébréchée dans les pierres à eau, des jambons et des herbes aromatiques suspendus aux poutres sécher côte à côte, des tomates et des poivrons achever de mûrir devant les fenêtres, et du linge de maison claquer sur un fil tendu au fond de la cour.

7

J'ai cherché mon ange de l'avenue Junot en vain. Pourtant j'en ai passé du temps à arpenter le pavé de Montmartre, d'Anvers à Caulaincourt, d'Abbesses à Pigalle, de la rue Lepic aux allées du marché Saint-Pierre, jamais je ne l'ai aperçue.

Durant ces jours où j'ai poursuivi ma belle chimère, je suis souvent passé rue de l'Abreuvoir. Le souvenir de ce ragoût délicieux subsistait sur mes papilles, et les kilomètres parcourus creusaient mon appétit. C'est donc naturellement que je suis retourné dans la cuisine de la dame au sourire de travers. Sauf que cette fois le couvert était dressé pour deux, et qu'elle m'attendait assise dans un coin, un air bienveillant sur le visage.

Nos déjeuners du mercredi et du samedi ont fini par déborder sur des journées entières. Je séchais les cours pour l'accompagner au marché, elle m'apprenait à cuisiner, et, en retour, je lui montrais comment tricher aux cartes pour qu'elle fiche la raclée à son fils lors de ses visites hebdomadaires.

Je suis devenu son gavroche, elle, ma grand-mère gâteau.

Malgré une santé déclinante, Noémie refusait de quitter sa maison pour le mouroir où l'Odieux voulait la placer, arguant qu'elle y « crèverait » sous huit jours. C'était une vraie Montmartroise, de celles qui sont nées ici, ont grandi à l'ombre de ses ruelles bordées de fleurs, dans un Paris sans âge et encore tranquille. On la reconnaissait aisément, petite dame vêtue de blanc, avec sa canne, son chapeau… et, suspendu à son bras, son gavroche insolent.

Malheureusement, comme toutes les jolies histoires, celle-ci a rencontré sa fin. Et un beau jour, je me suis heurté à une maison aux volets clos.

À peine sortie de Montmartre, dans le taxi ambulance qui l'emportait loin de chez elle, Noémie s'était éteinte, assise toute droite sur le siège arrière, ses mains posées sur les genoux. C'est le vieux fleuriste de la place du Tertre, un des rares témoins de notre bonheur, qui m'a annoncé la triste nouvelle. Souvent, il m'attachait un œillet à la boutonnière en me disant que seuls les gentlemen connaissent le langage des fleurs, et qu'il fallait que j'en fusse un pour avoir su gagner le cœur de Noémie. Il est parti quelques jours plus tard, et souvent je me dis qu'il devait l'aimer sacrément pour ne plus avoir envie de vivre après elle.

De mon côté, l'affaire était entendue : j'épouserais mon ange de l'avenue Junot. Le problème était de la convaincre que j'étais l'homme de sa vie. Et c'est là que les choses devenaient délicates. Il était plus que probable qu'une jeune femme n'accorde pas un regard à un adolescent de six ans son cadet qui se morfondait sur les bancs du lycée où l'Assistance publique avait décidé de le supplicier.

Le système s'est entêté à me scolariser jusqu'à mes seize ans, puis mon avenir n'a plus intéressé personne. À moi la vie, le grand saut dans l'inconnu ! Pour célébrer la nouvelle, j'ai traîné mes guêtres à Montmartre. Et c'est l'odieux fils de Noémie que le hasard s'est amusé à placer sur mon chemin. L'occasion était trop belle ! Je n'étais plus un mioche apeuré et affamé, mais un adolescent plein de fougue, prêt à défendre l'honneur de sa mère et la mémoire de sa grand-mère gâteau.

À l'école de la rue, j'avais appris à me battre. Le type l'a compris un peu tard, quand il s'est pris la tête à deux mains parce que la mienne venait de rebondir dessus sans préavis. Je n'ai pas attendu qu'il riposte et je me suis enfui à toutes jambes, en prenant la rue Lamarck. Qu'est-ce qui m'a pris d'embarquer au passage sa serviette en cuir ? Drôle d'idée, d'autant plus qu'elle pesait son poids, entravait ma course et confortait ma victime dans ses idées de poursuite.

Et c'est en traversant le carrefour que je l'ai revue…

Elle était là, je veux dire mon ange était là, assise à la terrasse d'un café, aux côtés d'un type que j'ai détesté plus fort encore que l'odieux personnage qui était à mes trousses. L'espace d'une seconde, le dieu des Empêchements m'a suspendu en l'air, entre deux voitures et dans un tonnerre de klaxons.

C'était comme dans un rêve, tout se déroulait lentement. J'ai hurlé son nom imaginaire, « mon ange ! », elle s'est tournée vers moi pendant que le type l'attirait à lui, les lèvres tendues pour recevoir ce qui m'était destiné, et elle a haussé les épaules dans ma direction, histoire de dire : « Qu'est-ce que tu me veux, morveux ? »

Avant que mes pieds retombent sur l'asphalte, mon cœur est passé par la joie d'avoir retrouvé ma belle, l'affliction de la voir avec un autre et le désespoir de ne pouvoir lui déclarer ma flamme. Au cours de cette fraction de seconde, il a dû s'écouler l'équivalent d'une ère géologique dans mes tripes, un milliard d'années d'évolution du vivant, en cet instant où j'étais en train de la rater en beauté.

À côté de la plaque, Joseph Mandrain, voilà où tu es, entre ciel et macadam, paumé de l'amour, perdu à jamais. Et pourtant, il n'y avait aucun doute possible sur la nature de mes sentiments : comme au premier jour, j'aimais cette fille – ses yeux, son regard, cette expression décalée qui habitait son visage et qui disait en demi-teinte : « Je ne suis pas vraiment là, vous savez, et d'abord je m'en fous », ses vêtements à mi-chemin entre les genres, sa gestuelle particulière, un port de tête gracieux qui pouvait la faire passer pour hautaine aux yeux des ignorants –, je redécouvrais cette certitude pour la troisième fois sans comprendre d'où elle me venait.

Le temps a repris sa course, deux voitures se sont froissé les ailes alors que je gagnais la rue Francœur, puis dévalais les escaliers vers Marcadet.

Et c'est en bifurquant au coin de la rue que j'ai rencontré mon autre destin. Il avait les yeux d'une bonne fée, et s'appelait Fati.

Son scooter a stoppé ma fuite devant le fils de Noémie. Elle lui a balancé sa serviette en cuir à la figure, en lui intimant de ficher la paix à ce pauvre-mômequi-ne-ferait-pas-de-mal-à-une-mouche. La tête qu'il a tirée quand un tas de gens sont sortis des boutiques alentour pour le dissuader de faire des histoires ! Et moi, désespéré d'avoir reperdu mon ange, j'ai raconté ma vie à Fati d'une traite, sans qu'elle ait besoin de me questionner.

Lorsque je me suis enfin tu, elle m'a regardé avec son air d'y-a-rien-de-grave et m'a dit : « Si je comprends bien, t'as passé ton enfance à détrousser les vieilles dames, tu vis à moitié dans un foyer et dans la rue, ta maman s'étiole à l'hospice, tu voudrais devenir Arsène Lupin et tu viens de rater la femme de ta vie pour la troisième fois. Tu me corriges, si je me trompe. »

Sous ses boucles brunes resplendissait un beau visage, illuminé de doux yeux verts dans lesquels je me sentais à l'abri. Et le grand échalas que j'étais a fondu en larmes.

« Allez, hop ! m'a-t-elle ordonné. Toi et ton petit pécule, direction l'internat. Si tu veux contourner les règles et jouer au grand seigneur, tu vas devoir commencer par les apprendre ! »

8

« Relever deux mille cinq cents mètres carrés de ruines sans un sou en poche ? Vous avez fumé la moquette ou quoi ? »

Tout en m'amusant à imaginer ce que dirait le beau, que dis-je, le très sexy Monsieur X quand je lui annoncerais que je songeais à accepter mon héritage – « Ne bougez pas, j'arrive ! », « Impossible, vous n'avez même pas les moyens de payer ne serait-ce que les taxes foncières ! », « NON ! » –, je déballais les colis d'Amaretto qui m'avaient été livrés à l'aube au pied du réverbère – dégager le chemin d'accès devait être une priorité, comme acheter un générateur, nettoyer l'atelier et brancher une pompe électrique au puits.

Quels que soient ses arguments, je comptais bien rétorquer, contre-argumenter, bref lui affirmer que j'irais au bout de mon rêve, même si je devais lui paraître si con que je n'en serais plus jamais belle à ses yeux !

Moi qui ne voulais même pas m'encombrer d'un cactus, j'envisageais sans crainte ou presque d'être l'heureuse et ruinée propriétaire d'hectares d'oliviers, de pêchers, de pommiers et de poiriers, sans compter le flanc d'une colline, les vignes, les fruits et légumes du potager, les aulnes, les chênes et les hêtres, le tilleul, les clématites et le chèvrefeuille, les araignées et les souris, les *pipistrelli*, les papillons, les tourterelles, les bâtiments, le lierre, les pierres, les poutres, les trous dans le plancher, le fantôme de Giuseppe et… oh, mon Dieu ! comment allais-je veiller sur tout ce petit monde ?

Pas de panique, tu apprendras !

Tu as raison, tonton Giuseppe, j'apprendrai.

En quelques heures à peine, l'autruche avait sorti la tête du sable et cavalait à corps et cœur perdus sur une route dont je ne doutais pas qu'elle serait semée d'embûches, et peu m'importait !

N'étais-je pas sur le point de posséder ce qui avait manqué à ma vie ?

Une responsabilité.

L'idée même de rentrer à Paris et de laisser pourrir ne serait-ce qu'une de ces superbes tomates mûrissant au pied des remparts était inenvisageable. Comment oserais-je négliger le legs de cet oncle si bienveillant, même au-delà de la mort – je me fichais qu'il ignorât mon existence ! –, moi qui n'avais jamais rien reçu d'autre qu'une urne vide ?

Je me sentais euphorique et aussi terrifiée à l'idée de ne pas être à la hauteur, bien plus d'ailleurs que je ne l'aurais été si j'avais rencontré un spectre malfaisant ! Oui, à défaut de m'enticher d'un homme, je m'éprenais d'une ruine. La belle affaire !

Liste des choses indispensables pour envoyer valdinguer une existence morne et ennuyeuse :
Percolateur
Café en grain
Moulin à café
Sel ; mélange poivre noir
Vinaigre balsamique de Modène
Huile d'olive bio ultra-vierge pressée à froid ou l'inverse
Le cul de Monsieur X...

T'as complètement fondu les plombs, ma pauvre Eddie...

Cette expression me venait d'un de mes professeurs de français, qui me reprochait de traduire ses cours en russe au lieu de les suivre. Ce type était sans doute aussi fou que je le suis aujourd'hui et, pour me punir, m'enfermait entre la fenêtre de la classe et le grillage qui la protégeait. Ainsi, je passais l'heure de cours debout, dans une prison large de cinquante centimètres, à le remercier de s'occuper si bien de moi.

Oui, t'es à la masse.

Celle-ci, je la devais à mes camarades, mes voisins de classe, devrais-je plutôt dire, puisque je n'avais pas d'amis. Pourquoi aurais-je été copiner avec des mômes qui vivaient dans une famille idéale où, au moins, on les réprimandait quand ils avaient fait une bêtise ? Je pouvais accumuler les remarques sur le carnet, les heures de colle, voire les gardes à vue – ça m'est arrivé, je le reconnais –, il n'y avait aucune autre sentence familiale que : « Vraiment, Ed, tu n'as pas trouvé d'autre moyen pour grandir que te rebeller contre nous ? »

Bien sûr, il ne s'agissait pas de me lancer tête baissée dans une entreprise dispendieuse, voire impossible, qui me coulerait aussi sûrement que ces pierres anciennes dont je venais d'hériter, mais de réfléchir à la meilleure façon de préserver ce lieu unique.

Je devais apprendre à gérer un budget, contacter des entreprises, faire établir des devis, les comparer, négocier les prix, organiser les dates d'intervention de chacun, ne pas convoquer les maçons avant le charpentier ou l'inverse ! En attendant, je pouvais aussi commencer à bricoler moi-même, après tout, si j'étais inapte en relations humaines, je l'étais moins de mes mains.

Tout ce dont j'étais certaine, c'est que je préférais passer mes vacances ici comme une pauvresse, à manger les fruits du potager, préparer des conserves pour l'hiver et boire du lambrusco sur la terrasse plutôt que de retourner dans ma boîte sous les toits de Montmartre.

Pour cela, je choisis d'établir mon nid douillet dans l'atelier de Giuseppe. C'était la pièce la plus exposée au vent, mais également la plus petite de la ferme. Elle serait facile à restaurer et, surtout, à chauffer.

Pour le reste des bâtiments, je déciderais plus tard.

Qui, en dehors de mon séduisant notaire, allait me dissuader d'accepter mon héritage ? Le cactus que je ne possédais pas ? Le chat, la voisine ou la meilleure amie que je n'avais pas ?

Mon banquier ? Ha ! Je le défiais de me débusquer ici !

Revenons à nos moutons : liste et organisation du chantier.

Qu'est-ce qui était le plus urgent ? Dégager le chemin ou consolider les planchers et les murs branlants ? Entretenir le potager ?

Eddie, tu t'égares ! Le plus important, c'est l'atelier.

Tu as raison, tonton. Je m'égare !

Alors, revenons à l'atelier où je comptais m'installer pour les vacances.

Liste des choses indispensables pour habiter au castello *:*

Une jolie table et deux chaises, une pour moi, une pour Monsieur X

Amaretto me demande si je veux un lit une ou deux places. Je dis une et demie. Elle me répond « vendu ! »

Acheter lampe torche pour aller faire pipi la nuit

J'ai déjà noté ça sur une autre liste, non ?

Ah oui, penser à faire changer la serrure de la promenade des quatre vents

Pour la vaisselle, je prendrai celle de Giuseppe

Voir avec Amaretto (on pourrait la surnommer Amaretta, non ?)

Qu'ai-je oublié ?

Inviter mon notaire à visiter mon domaine

Si seulement j'avais eu l'occasion d'emporter mon aigle ébouriffé dans mes bagages, j'aurais partagé mes interrogations avec lui. Sauf qu'il était mon notaire, que son rôle premier était de préserver mes biens… et de me protéger de mes lubies dévastatrices, le cas échéant !

Pour le convaincre (ainsi que mon banquier) que mon projet était viable économiquement, je devais établir un état précis des lieux, me procurer les plans de la ferme, le cadastre, me renseigner sur la nature des terrains – parcelles arables, jachères ou pâturages –, évaluer les dégâts sur les bâtiments. Puis disposer d'un échéancier réaliste des travaux en fonction des devis et des sources de financement que j'aurais dégottées.

Peut-être pourrais-je payer une partie de la rénovation si je louais ? Je préférerais mutualiser mes terres et donner du travail aux paysans locaux, plutôt que les démanteler.

Qu'est-ce que tu en penses, tonton ? Et mon appartement à Montmartre, il vaut quoi ? Deux cent quatre-vingt mille euros ? Quoi, pas plus ? C'est déjà énorme pour vingt-cinq mètres carrés sous les toits, tu as raison…

Je calculai, j'affûtai mes répliques et je ris en songeant aux arguments que Monsieur X avancerait pour me dissuader d'accepter l'héritage.

Le bougre avait plutôt intérêt à avoir de l'imagination !

9

Sept ans s'étaient écoulés depuis ma rencontre avec Fati, et je rentrais à la maison après un long moment passé en province, pour fêter avec elle ma maîtrise de droit. Paris étouffait sous la chaleur de juillet, et les gens couraient et se croisaient en s'ignorant.

Dans la station de la gare d'Austerlitz, il y avait foule sur un quai de fin du monde. Sa verrière gris sale des années lointaines et les grands X d'acier marron pour séparer les quais me donnaient l'impression que nous étions tous revenus au temps de la *Blitzkrieg*, prêts à grimper dans un train chargé de nous convoyer vers les camps de travaux forcés.

La rame s'est approchée dans un grincement à fendre l'âme. Je suis monté à contrecœur dans cette boîte en tôle, comme créée depuis l'origine pour rouler péniblement sur des rails vétustes et condamner ses voyageurs à vivre un enfer et à en sortir lessivés.

À peine rentré à Paris, j'en avais déjà ma claque.

Ces années loin d'ici m'avaient-elles changé ? Je le croyais alors.

J'avais abandonné les fantômes de ma vie d'avant, mis au placard mes rêves de cambriole et vécu sans ma mère, pour de vrai cette fois.

L'asile l'avait engloutie l'année où j'entamais mon droit après avoir décroché mon baccalauréat avec mention. Fati s'était débrouillée pour lui dégotter une jolie place dans une allée du cimetière Montmartre. Après m'avoir sorti de la rue, celle dont le métier était de trouver des logements aux vivants avait une nouvelle fois accompli un miracle, en obtenant d'une de ses connaissances, qui possédait une concession à l'ombre du Sacré-Cœur mais refusait de finir entre quatre planches, qu'elle lui cède sa place. C'était un caveau surmonté d'une chapelle, avec une porte encadrée par deux anges sculptés dans une pierre grise et verdie par les ans, où nichaient les oiseaux.

L'endroit parfait pour y accueillir la maman d'un gamin des rues qui pleurait de n'avoir eu le temps de lui construire un château. Et puis l'idée qu'elle repose à quelques pas de Noémie et que, peut-être, elles se reconnaîtraient au gré de leurs balades dans les allées apaisait mon cœur meurtri.

Dans la maison de la rue de l'Abreuvoir, les choses aussi avaient changé. L'Odieux avait vendu les meubles de sa mère et fait réaménager l'intérieur à son goût avant de prendre possession des lieux. Si lui m'avait probablement oublié, je me rappelais à son bon souvenir en le délestant de ses précieuses choses durant ses congés d'été. À l'emplacement du bibelot ou du tableau manquant, je laissais une carte de visite signée *Gavroche*. La première fois, je me permis de lui écrire : « Qu'il doit être triste de ne pas aimer sa mère. » Les suivantes, je m'abstins. Sans doute mon empathie pour les salauds de son genre s'était-elle émoussée.

C'était mon entraînement annuel, histoire de ne pas perdre la main dans le crochetage de serrures, l'escalade des façades et la dérivation des systèmes de sécurité. C'était aussi en hommage à ma mère et, bien sûr, à Noémie, dont le souvenir avait été soigneusement gommé de cette maison par ce fils ingrat.

Mon ange de l'avenue Junot était devenu un souvenir délicieux que je me plaisais à explorer quand le manque de ma vie d'avant me prenait. Quelques béguins sans importance m'avaient convaincu que je n'étais pas fait pour l'amour. Avec certaines filles, j'avais bien ressenti de l'émoi, comme un picotement au bout du cœur au moment de les embrasser, parfois un vague à l'âme quand je les quittais, mais je devais admettre que le plaisir se concentrait dans la conquête, ces moments où rien n'est fait, et la promesse encore belle.

Pas d'amour donc, mais des envies et des projets plein la tête, alors que notre métro s'immobilisait entre les stations Église-d'Auteuil et Michel-Ange-Auteuil, avec interruption des moteurs, extinction des lumières et des veilleuses du tunnel.

Çà et là des conversations naissaient, que ponctuaient des éclats de voix ou de rire. Mon téléphone ne recevait aucun signal et, l'arrêt se prolongeant, j'écoutais mes voisins d'infortune, d'abord amusé par la vanité de leurs plaintes contre la RATP et ces lignes à la noix qui remontaient à Mathusalem, puis, le temps passant, j'ai senti mon flegme m'abandonner pour ma véritable nature, celle du môme des rues qui ne supporte pas la privation de liberté, fût-elle toute relative, et j'ai lâché une banalité du genre « Putain de ville de merde ! », quand une voix féminine s'est élevée dans mon dos :

— Plutôt que de philosopher sur la capitale, vous ne pourriez pas me faire un peu de place ? J'étouffe et ça me stresse.

L'envie de corriger cette femme sur les mots qu'elle employait m'a effleuré – son émotion s'apparentait à l'évidence davantage à l'angoisse qu'au stress –, mais je me suis vite ressaisi ; le moment était mal choisi pour jouer à M. Je-sais-tout, l'heure était plutôt au gentleman, même s'il n'y avait rien à cambrioler.

Du moins, c'est ce que je croyais.

— Voilà un peu d'air, ai-je dit en m'arc-boutant contre les portières pour repousser la masse humaine qui se pressait dans mon dos. (Comme les gens protestaient, j'ajoutai un ton plus haut :) Mon épouse est enceinte, un peu de décence, merde !

La voix a ri, et j'ai regretté l'obscurité qui nous enveloppait. Toutes les femmes sont belles quand elles ont ce petit rire espiègle et contagieux. J'étais certain que l'inconnue face à moi avait des étoiles dans les yeux et j'aurais adoré les contempler.

— Vous me diriez votre nom ? ai-je osé.

— Tu veux pas mon zéro-six en plus ?

— Pourquoi le voudrais-je, il n'y a pas de signal !

La voix a ri encore, puis elle s'est tue, comme tous les prisonniers du métro que nous étions, pour écouter l'annonce de la RATP. Les haut-parleurs ont eu la bonne idée d'agoniser à ce moment précis, si bien qu'aucun d'entre nous n'était capable de dire à quelle sauce nous allions être mangés. Des cris de protestation et des insultes ont fusé, et les débats se sont organisés autour de deux grands courants d'idées : la résignation *versus* la fronde. Mais le passage d'une rame dans le sens inverse a refroidi les partisans du forçage des portières pour remonter le long des voies ; il était plus sage de rester bien au chaud dans notre boîte de conserve, si nous ne voulions pas finir hachés menu ou électrocutés.

— Je vais peut-être mourir aujourd'hui, réduite à l'état de flaque ou je ne sais quoi de plus ragoûtant, alors j'ai besoin de parler à quelqu'un, a dit la voix après un moment. Vous voulez bien qu'on discute ?

Elle ne m'a pas laissé le temps de répondre que cela me convenait, puisque les confidences dans le noir étaient plus croustillantes qu'au soleil.

— Vous vous appelez comment ?

— Jo, ai-je répondu.

— Jo comme Djo, ou Jo comme Jo ?

— Comme vous préférez.

Elle s'appelait Eddie (« ie » et non « y », a-t-elle tenu à préciser), travaillait seule chez elle, elle traduisait des textes – tout et n'importe quoi – dans plusieurs langues et se rendait à Boulogne-Billancourt dans une société de doublage de films pour négocier un contrat. Sinon sa vie se réduisait à un train-train hyperhuilé, quelques sorties ciné, les courses à la supérette du coin et des soirées à bouquiner sous la couette. Eddie aurait bien voulu posséder un chat ou un chien, ou même une plante en pot, mais…

— … c'est comme le Petit Prince et sa rose, j'ai dit avec spontanéité. Ça crée des responsabilités. Et vous n'aimez pas l'idée d'avoir des responsabilités.

Malgré l'obscurité, j'ai deviné qu'elle arrondissait les yeux comme une chouette. Il y a eu un silence – tout relatif, ce silence, nos voisins de wagon n'en finissaient pas de s'agacer après la RATP –, puis elle m'a dit sur le ton de la confidence :

— Je voudrais bien, mais je ne peux pas !

Quel sortilège avait-on jeté à Eddie pour qu'elle ne soit pas en mesure d'assumer une responsabilité ?

— Mes parents se sont suicidés le jour de mes seize ans.

Ces mots m'ont figé aussi sèchement que l'aurait fait un carreau d'arbalète, les suivants, si profondément remué que je suis resté sans voix.

— Ils s'aimaient tant que je n'ai pas trouvé ma place avec eux, a-t-elle ajouté. Vous voyez, Djo, je dis *avec* eux à dessein. Juste à côté, ça aurait été aussi bien, ou même un peu plus loin. Mais non, pas de place. Ils m'ont eue par mégarde, je suppose. Et n'ont pas eu la grandeur d'âme de me liquider *in utero*. Je ne pense pas qu'ils étaient croyants, mais de ça non plus je ne suis pas certaine. Quand je vous dis qu'ils étaient deux étrangers pour moi. Même leur amour ne me sert à rien. Avec un exemple pareil, comment songer à rivaliser ? C'est nul tout ça. Je n'ai jamais été amoureuse, je n'ai pas d'amis, je ne sais pas m'engager, à quoi bon, puisqu'on va tous mourir, hein ? Et inutile de penser à avoir un enfant… c'est l'acte le plus égoïste que je connaisse !

Curieusement, au début de notre conversation dans la pénombre, je l'avais imaginée avec des cheveux courts, lui prêtant même des traits androgynes, sans doute à cause de son prénom. Et là, tout à coup, parce qu'elle se dévêtait avec une délicate pudeur dans le choix de ses mots, ses cheveux ont poussé, se sont emmêlés en un chignon défait, puis collés sur son front luisant de sueur, et son visage aux traits masculins s'est adouci d'un ovale. Eddie était à présent une femme touchante, romantique et aussi esseulée dans la vie que dans cette rame de métro. Je n'avais aucune raison de l'imaginer jolie ou sexy, ni qu'elle suscite en moi une quelconque pulsion, un appétit que j'aurais jugé déplacé. Mais le timbre de sa voix, l'émotion qui s'y cachait me donnaient envie de la protéger et de l'étreindre pour toujours. Je n'avais jamais connu un tel sentiment, et il me bouleversa car il était beau, plein, et ressemblait à celui qui anime un homme amoureux.

Et tandis qu'Eddie me parlait de sa vie creuse, j'avais la sensation qu'elle tentait de me remplir de son vide, et je l'y encourageais, avide de ces mots sans importance, qui signifiaient tout pour elle. Travailler avec des collègues, payer ses impôts, partir en vacances avec mari et enfants, aimer un peu, à la petite semaine, elle ne voulait pas s'y résoudre. Autour d'elle, les sentiments étaient maigres, les gens se régalaient de merles en rêvant de grives. Eddie était certaine que la plupart d'entre eux ne rêvaient pas l'amour, ils rêvaient leur vie par manque de temps, excès de stress ou absence d'envie. Elle, elle l'avait choisi. Parce que ce qui est beau se flétrit, et ce qui vit meurt, et qu'elle ne voulait plus souffrir.

Tout en l'écoutant, je pensais à ma mère, qui savait s'amuser de tout malgré ses conditions de vie. Son travail avait brisé ses reins, transformé ses mains en battoirs et lui avait octroyé l'indifférence de la plupart de ses contemporains, quand il ne s'agissait pas de mépris. Et pourtant, jamais elle n'avait abdiqué. « Tu auras une belle vie, et tu rendras une femme heureuse. » C'est ce qu'elle augurait pour son unique rejeton, qu'elle emmenait tous les week-ends dans les musées de la ville de Paris. La culture gratuite faisait d'elle une mère digne, et la collection permanente du musée Carnavalet, en particulier la partie gallo-romaine, avait nourri mon enfance de hordes barbares, d'invasions et de récits héroïques.

— Et vous, Djo, vous faites quoi dans la vie ?

Que pouvais-je lui dire ? Que je fêtais ce jour l'obtention de ma licence de droit et que je m'étais jeté à corps perdu dans ces études afin de mieux contourner les règles ?

— Vous n'êtes pas obligé de me répondre, m'a-t-elle aidé, comme si elle percevait mes hésitations.

— Je suis gentleman cambrioleur, ai-je alors lâché dans le creux de son oreille.

Le cœur d'Eddie s'est emballé, j'en aurais mis ma main à couper. Non par peur de se tenir auprès d'un délinquant, mais parce qu'elle ressentait le trouble qui m'habitait, et qu'elle-même ne restait pas de marbre. La vie était là, sous nos doigts. Nous sentions nos corps l'un contre l'autre, et, depuis une heure, nos âmes se parlaient à s'en arracher la peau. Eddie m'attendait depuis la nuit des temps. Ce métro, ma venue ce jour, par cette rame, dans ce wagon, la table réservée par Fati à l'autre bout de Paris, la coupure de courant… l'Univers entier avait été créé pour que vive ce moment !

— Disons plutôt, ai-je précisé, que je paie mes études de droit en dépouillant les plus riches.

C'était la stricte vérité. On peut tout dire à la femme qu'on aime, non ?

Mon monde était sur le point de basculer, et le destin a permis au métro de redémarrer. Les lumières sont restées éteintes et notre rame s'est traînée dans le noir jusqu'à la station Michel-Ange-Auteuil.

Là, des agents de la RATP équipés de lampes torches ont guidé les voyageurs vers les sorties. Très vite, nous avons été séparés.

— Djo ! On se retrouve dehors ? Djo ?

— Oui, attendez-moi !

Puisque nous étions destinés l'un à l'autre…

Mes certitudes se sont écroulées quand le faisceau d'une lampe torche m'a révélé son visage. Il n'était pas comme ceux que j'avais imaginés dans ce fichu wagon, non. C'était celui de mon ange de l'avenue Junot, rencontré dix ans plus tôt, et raté par trois fois déjà. Eddie, que j'attendais depuis toujours, Eddie ballottée par la foule, les yeux perdus, qui m'appelait !

— Djo, vous n'allez pas me faire le coup de la panne ? Djo ?

Mort de trouille, j'ai suivi le mouvement sans lui répondre, obsédé par une seule idée : mon ange avait un prénom, et il me plaisait.

Niveau 2

*L'incident est une défaillance importante,
qui peut se traduire par une exposition
à de la matière radioactive dépassant nettement
les limites réglementaires.
Moins d'une centaine d'événements de ce type
se produisent chaque année dans le monde.*

10

Le nez et les cheveux dans les toiles d'araignées, je brossais avec application les poutres et le lambris du plafond, perchée sur un escabeau que le cousin d'Amaretto, dénommé Simone[1], avait déposé au pied du réverbère avec un tas d'outils – lui non plus ne souhaitait pas grimper jusqu'au *castello infestato*, pas de veine.

Récurer les cinquante mètres carrés de l'atelier allait m'occuper au moins pendant deux jours. Rien que tout remonter à la ferme et installer le chantier m'avait pris une grande partie de la matinée, et j'avais brûlé autant de calories qu'il y en a dans une pizza géante !

Si ça continuait ainsi, je n'aurais pas achevé de nettoyer mon antre que je devrais retourner à Paris !

Pourtant, perchée sur l'escabeau, trempée de sueur et couverte de saletés, j'étais heureuse. Ici, je n'avais pas besoin de me cacher, les murs le faisaient pour moi et, malgré les apparences, ils étaient bien plus fins que ma cape d'invisibilité.

1. Se prononce « Simóné ».

La *Castellana* vous salue bien, en marcel et salopette !

Depuis l'endroit où je me tenais, j'avais la plus belle vue de la région sur notre vallée, les douces collines voisines d'un vert émeraude, le village, ses petites rues, et les vignes et les champs, mon domaine. Ma forteresse. Qu'il était bon de sentir que ces murs et tout ce qu'ils contenaient avaient besoin de moi, sans que je n'en attende autre chose que le gîte et le couvert !

Et heureuse nouvelle, ils me survivraient ! Je n'aurais jamais à les pleurer ou à les regretter, je n'aurais jamais à les détester de m'avoir abandonnée, ou à m'interroger sur les raisons de leur départ. Non, les murs de mon *castello* ne me planteraient pas sans un mot au milieu d'un couloir, ou devant mon gâteau d'anniversaire !

Alors, oui, ils méritaient que je les bichonne !

Quand mes épaules et mes bras crièrent grâce, je filai au potager pour ramasser les fruits et légumes les plus mûrs, que je croquai, assise auprès des tombes de Giuseppe et de Philomène. Après tout, si j'étais heureuse, loin des bruits de la ville et d'une vie aussi grise que les toits de Paris, c'était grâce à eux.

Ils me charmèrent avec la mélodie des carillons, et, en échange, je leur parlai un peu de moi. Peut-être seraient-ils heureux d'apprendre que j'étais une fillette sage, férue de lecture et de langues étrangères, assidue aux cours de danse et de piano, préparée à n'être parfaite que pour moi-même ?

Je les interrogeai sur leur choix de ne pas avoir eu d'enfant ; était-ce volontaire ou la nature les en avait-elle privés ? Seul le silence me répondit. J'avouai alors que j'aurais aimé être la leur, plutôt que celle de gens inaptes à comprendre que l'amour se partage.

Sous le grand chêne, la main posée sur la croix en pierre d'Istrie qui marquait le passage de Giuseppe sur cette terre, je me réjouissais à la pensée qu'un peu de cet inconnu-là coulait dans mes veines, parce qu'elle signifiait que j'appartenais à un ensemble bien plus vaste que le cercle restreint dans lequel on avait tenté de m'enfermer.

Tu as une famille.

Oui, j'ai une famille.

Jamais ce fait ne m'avait contentée. Aujourd'hui, il me rassurait.

Si tout ce qui restait de la vie de Giuseppe Giangrandi tenait dans une malle si rongée par les vers que le moindre geste pour l'ouvrir s'accompagnait d'un nuage de poussière, qu'en était-il de moi après trois jours au *castello* ?

Je n'étais pas loin de me décourager quand je m'installai au comptoir, face à Amaretto. Et ce n'était pas le mobilier que je lui avais commandé qui allait me mettre du baume au cœur. Il s'agissait d'une table branlante et de deux chaises trop abîmées pour rester en salle, que l'aubergiste m'avait cédées contre une dizaine de cageots de pêches et de légumes du potager, et un lit de cent dix centimètres, lui aussi pris dans son stock de rebut de l'auberge – gratuit celui-ci, « Je ne vais pas vous demander quelque chose pour ce vieux machin ! ».

Dans l'atelier, l'ensemble donnait l'impression, au lieu d'un nid douillet, d'avoir été abandonné là. C'était triste, sale, désespérant et si loin de ce que mon enthousiasme m'avait laissé entrevoir ! Non, les murs ne se contenteraient pas d'un peu d'enduit et le plafond devait être étanchéifié, sans compter le plancher, si vermoulu que je risquais de passer à travers ! Ce que je réalisais après soixante-douze heures de labeur était cruel, mais indéniable : jamais je n'y arriverais toute seule.

Avais-je été trop hâtive ? Naïve ? Présomptueuse ? Les trois en même temps ? Ou juste enivrée par l'aventure et prête à tout – perdre – pour jeter des couleurs sur cette vie sans teint que je m'échinais à vivre, Dieu seul sait pourquoi…

Mais avais-je le droit de tout gâcher, juste pour me divertir ?

Tu n'es pas juste avec toi-même…

Et toi, tonton, tu es trop indulgent.

Après sa cavalcade enivrante, l'autruche se prenait le mur en pleine face. Pas étonnant pour une autruche, si ?

Je compris qu'il me faudrait démanteler la propriété, revendre les vergers, l'olivaie et les terrains attenants pour avoir une chance de réunir assez de fonds pour restaurer le corps principal. J'avais le devoir de sauver le *castello*, je ne pouvais le laisser se faire déchiqueter par les vautours dans une salle des ventes.

Pauvre fille…

Il me suffisait de fermer les yeux pour imaginer le regard de Monsieur X. Oh oui, je le voyais comme s'il était perché sur le tabouret voisin, avec son cul et son sourire à croquer ! Mais il ne riait pas, il se moquait de mon obstination.

Et de « belle et con » à la fois, j'eus l'impression de n'être plus rien, même pas le « et »...

Tu finiras en haut de ta colline à manger des cailloux aussi durs que ton cœur, vecchia pazza.

T'es dur, là !

Comme je ne touchais pas au verre de chianti qu'elle m'avait offert avec quelques *antipasti* de sa confection, Amaretto me proposa de l'accompagner en cuisine au prétexte que fabriquer des gnocchis en chantant *Bella Ciao* remontait le moral.

Incapable de répondre, je la suivis comme un automate, en songeant que je ne savais même pas cuisiner, puisque je n'avais jamais cuisiné. Mes parents considéraient cela comme une perte de temps, nous ne mangions que des plats de traiteur, livrés à domicile.

Tandis qu'Amaretto égouttait les pommes de terre – « des bintjes, me précisa-t-elle, elles doivent être farineuses » – et qu'elle les écrasait au presse-purée en chantant...

Mi son alzato
O bella ciao, bella ciao, bella ciao, ciao, ciao
Una mattina mi son alzato
E ho trovato l'invasor

... je l'accompagnai en mesurant deux cent cinquante grammes de farine avec un verre doseur. J'aimais chanter depuis toujours. Les paroles n'étaient pas très difficiles à retenir, et il ne fallait pas être passé par l'école hôtelière pour réaliser cette tâche, mais je ressentis de la fierté quand je parvins à obtenir la dose demandée sans en renverser.

O partigiano, portami via
O bella ciao, bella ciao, bella ciao, ciao, ciao
O partigiano, portami via
Ché mi sento di morir

Lorsque je fus prête, Amaretto me demanda d'incorporer la moitié de la farine en pluie et de mélanger pour obtenir une pâte épaisse. Après avoir tourné ma cuiller une dizaine de fois, je sentis l'articulation de mon épaule, déjà soumise à rude épreuve dans la journée, crier grâce, mais je poursuivis jusqu'à obtention du résultat escompté.

O partigiano
Morir
Ciao, ciao
Morir
Bella ciao, ciao, ciao
O partigiano
O partigiano
Bella ciao, ciao, ciao

Chanter en chœur nous permettait de ne parler que de ce qui nous occupait ; c'était agréable, et l'odeur de la sauce tomate au basilic qui mijotait sur feu doux me mit l'eau à la bouche.

— Tu veux les couper ? me demanda-t-elle, usant du tutoiement avec familiarité et une tendresse soudaine que je ne fus pas encline à rejeter.

— Oui, je veux bien essayer.

Amaretto farina le plan de travail, puis elle forma un long rouleau d'environ trois centimètres de diamètre qu'elle découpa en petits tronçons. Ensuite, elle les roula entre ses mains, appuya légèrement dessus avec les dents d'une fourchette et les saupoudra de farine avant de les disposer sur un torchon propre.

Je me mis à l'ouvrage, imitant son travail avec application, et cuisiner avec cette femme que je ne connaissais guère me fit un bien fou.

— Tu as vu le fantôme ? me demanda-t-elle lorsque j'eus fini.

Elle avait énoncé sa question d'un ton léger, mais je compris, à la façon dont elle me regarda en jetant les gnocchis dans une grande casserole où bouillait de l'eau, qu'elle était sérieuse.

— Il m'a offert un tire-bouchon. Et un poinçon pour forcer la serrure de la porte de la cour. Sans compter qu'il vient bouquiner dans le pigeonnier. Il ferait mieux de me montrer où il cache son trésor.

Amaretto eut l'air terrifié.

— On ne plaisante pas avec ces choses-là.

— Pourquoi, tu l'as vu, toi ?

Les gnocchis remontèrent d'un coup à la surface et se dandinèrent dans les bulles d'eau chaude. Les sourcils froncés, Amaretto les égoutta et les versa dans un plat, avant de les arroser d'huile d'olive.

— C'est prêt ! m'annonça-t-elle.

Et j'eus l'impression qu'elle était soulagée de ne pas avoir à me répondre.

Je la suivis dans la salle et m'installai au comptoir.

— Tu vas vraiment passer tes vacances au *castello* ?

Je brûlais de confier mes déboires et mes interrogations à quelqu'un, pour obtenir un encouragement, un conseil, ou simplement une oreille amicale. Mais exposer mes états d'âme à Amaretto, c'était risquer de les voir étalés en place publique dans l'heure. Or ma vulnérabilité attirerait les chacals aussi sûrement qu'une carcasse, et je refusais d'assister à la curée, pire, d'en être la victime.

— Disons que je prolonge mon séjour pour estimer les travaux, éludai-je.

— Aucun artisan du coin ne montera jamais là-haut. Ils ont peur. Y a que mes fils, mes cousins ou les gens de la ville, mais ils vont demander cher.

— Ils ont peur de quoi ? Les seuls esprits qui hantent les lieux sont des voleurs ! Attends que je les attrape, ajoutai-je d'un ton amer, ils vont passer un sale quart d'heure !

Une assiette fumante, remplie des gnocchis que je venais de façonner, glissa devant moi, agrémentée d'une cuillerée de sauce au basilic et de la délicieuse huile d'olive que j'avais déjà testée.

— Goûte-moi ça !

Contrairement à ce que j'imaginais, la *Gli ulivi di Fati* n'était pas pressée par un paysan du cru aux joues burinées par le soleil, mais par un étranger qui avait racheté les terrains attenants à la ferme, deux ans plus tôt.

— T'aurais pas de mal à lui vendre tes terres, si tu veux mon avis !

Alors que j'aurais dû me réjouir de cette nouvelle – ne s'agissait-il pas d'une ébauche de solution à mes problèmes ? –, l'idée qu'un vautour lorgne sur le domaine de Giuseppe me fit froid dans le dos.

— Qu'est-ce que vous avez tous à vouloir que je vende ?

Je repoussai l'assiette d'un geste si rageur qu'Amaretto se précipita.

— Quoi, c'est pas bon ?

Non, c'est pas bon !

Je répondis avec politesse que j'avais atteint la satiété, alors que je n'avais qu'une envie, dévorer le reste, et l'assiette avec, tant qu'on y était. Mais pas l'huile de mon voisin. Je n'étais plus désemparée, mais en colère après tous ces gens qui n'avaient, semble-t-il, qu'une envie, que je disparaisse pour s'emparer de mon *castello*. Oui, j'étais en colère ! Et la colère est bien meilleure conseillère que le désappointement.

— Y a quoi là-haut ! m'exclamai-je, un trésor enfoui ? Un puits de pétrole ? Des squelettes dans les placards ?

— Mais non, c'est juste que tu ne tiendras pas les trois mois d'hiver. On va te retrouver gelée dans un coin, ou brisée au fond d'un trou, trahie par les planchers pourris. Crois-moi, ça n'est pas un endroit pour une femme seule.

Voilà autre chose : Amaretto, grande prêtresse du machisme latin ?

— Tu crois vraiment ce que tu dis ? m'agaçai-je.

— Eddie, tu n'es pas d'ici…

— Message bien reçu, rétorquai-je en lui tendant un morceau de papier couvert de mon écriture. Sache que je n'ai peur ni des fantômes ni des planchers pourris, et que rien ne m'empêchera de sauver le *castello* de vos griffes acérées de vautours ! Au fait, ajoutai-je en sautant du tabouret où j'étais perchée, j'ai complété ma liste. Tu peux y ajouter une camionnette, plusieurs paires de gants et de nouveaux sacs à gravats. Et si tu trouves une bonne âme, voire deux ou trois, qui accepteraient de m'aider à déblayer les chemins contre des pêches ou des tomates, fais-moi signe !

11

Il me fallut deux jours pour dépoussiérer le plafond et lessiver les murs de l'atelier de Giuseppe. Heureusement, j'avais été pessimiste, l'enduit était en bon état et je n'aurais pas besoin de passer un coup de blanc, à peine quelques trous à boucher. Pour le plancher, ce serait une autre affaire, il était si encrassé et abîmé qu'il faudrait le poncer, puis le traiter. Je me contenterais de gratter les salissures au couteau, puis de le frotter à l'essence de térébenthine.

Cela suffirait bien pour le moment.

Je profitai d'un aller-retour gourmand aux cuisines où je stockais les légumes pour déblayer les étagères de la cave. Inlassablement, je ramassais ce qui était avarié ou hors d'usage pour le fourrer dans de grands sacs à gravats, et je mettais de côté ce qui pouvait être récupéré ou réparé.

Dans cet immense fourbi accumulé au fil des ans, il ne restait pas grand-chose d'utilisable : quelques ustensiles de cuisine, d'énormes louches, des marmites à confiture et des poêles en fonte si lourdes que je peinais à les soulever. Je dénichai aussi une lessiveuse galvanisée, aussi cabossée que celle dont je rêvais, pour stériliser les conserves, des mètres de fil à linge, un tournebroche qu'il suffisait de poncer, et un banc à dossier, que la moisissure n'avait pas réussi à entamer.

Les sacs à gravats s'amoncelaient, et, bientôt, je devrais trouver une solution pour les emporter à la déchetterie.

Penser à faire débarrasser la voie de service.

Et n'oublie pas de faire damer le chemin.

Plus je débarrassais mon *castello* de ses vestiges, plus j'avais la sensation de raboter mon sarcophage, d'être le cœur d'un oignon qu'on pelait. C'était comme si ses murs et moi étions liés par un invisible cordon ombilical commun à ceux qui aimaient cet endroit magique. Je libérais les pièces de leur crasse et des ordures, et je me sentais libre, légère et enivrée par la vie. Il ne manquait à mon bonheur que le cul rebondi de Monsieur X.

Perchée sur mon escabeau, je l'imaginais aisément en train de jardiner torse nu, tandis que je l'observerais depuis les fenêtres de la cuisine, le nez dans mes casseroles, prête à user de tous les sortilèges d'un cordon-bleu pour le combler, afin que, repu, il me comble à son tour.

Jamais un autre que lui n'avait autant exacerbé mes sens, et même si dans mes fantasmes les plus dingues j'espérais qu'il allait débarquer à l'improviste, la partie la plus raisonnable de mon individu se réjouissait de le savoir très loin de moi. Ma cape d'invisibilité avait beau être en béton armé, il me voyait au travers. Telle que j'étais. Belle et con à la fois. Et ce don me fichait une trouille de tous les diables.

Évidemment.

Je m'apprêtais à me coucher quand j'eus l'idée d'emprunter à Philomène son gilet à grosses mailles qui traînait dans la cuisine. Je pourrais au moins m'y enrouler les pieds. Je n'avais emporté que le nécessaire pour passer trois jours au soleil et je n'avais pas de quoi me couvrir par des températures aussi fraîches.

La nuit enveloppait tout de son aile sombre, et je ne distinguais qu'une lueur ou deux dans la propriété située en contrebas de la terrasse. Dans la vallée, le village dormait, niché à l'abri de ses haies de cyprès, tandis qu'un vent frais agitait les branches et sifflait entre les tuiles. Les étoiles s'allumaient les unes après les autres dans un ciel de mercure, et les oiseaux se taisaient pour laisser aux pipistrelles le loisir de s'égailler au crépuscule.

Je m'aventurai au-dehors, armée de la pauvre lampe de mon téléphone et d'un brin de courage, il faut le dire. Qu'est-ce qui, entre ces murs, terrifiait tant les villageois qu'ils n'osaient s'y risquer ?

La lune jetait un clair argenté sur les cailloux blancs du chemin, accentuant l'ombre des arbres et des bâtiments. Découpée sur un fond scintillant d'étoiles, la ferme m'apparut bien plus grande qu'à la lumière du jour, comme une masse prête à m'avaler toute crue.

Les fantômes n'existent pas, tu es sûre ?

Non, tonton, ils n'existent pas.

Comment peux-tu en être si certaine ?

Frissonnante, j'entrai dans l'aile ouest par la salle de couture et traversai les pièces en enfilade en longeant les murs, prise d'une appréhension de môme. La maison semblait respirer, m'observer et chuchoter de partout. Je tentai de me raisonner. Malgré mon pas léger, je devais déranger des colonies de rats, de loirs, de mulots et que sais-je encore ? Peut-être même des oiseaux nocturnes ou des lézards. Et d'énormes araignées…

Brrr…

Quand j'étais petite fille, nous habitions un immeuble de l'île Saint-Louis dont la construction datait du XVIIIe siècle. Étroit, comme écrasé entre les murs mitoyens, il sentait l'odeur des vieux endroits, la cendre froide et le bois vermoulu. Les planchers craquaient sous nos pas, les poutres se dilataient avec la chaleur de l'été, et, le soir, les tuyaux donnaient de furieux coups dans les murs quand c'était l'heure de se coucher.

Mais jamais je n'ai ressenti ce que je ressentais ici.

Je ne suis pas seule.

Tu n'es pas seule.

Sous les hauts plafonds du corps principal de la ferme, la lueur de mon téléphone s'avérait ténue, absorbée par l'immensité de cette maison déserte, et le bruit des carcasses d'insectes craquant sous mes semelles était décuplé.

Ne me fais pas peur, tonton Giuseppe, sois sympa. Je te promets que je ferai tout pour préserver la maison des vautours.

Partout, il me semblait distinguer des silhouettes inquiétantes qui filaient sous les fenêtres avec des rires d'enfants, ou ondulaient sur les murs, et plus j'avançais, plus mon impression d'être suivie grandissait. Oserais-je me retourner ?

Comme pour justifier ma crainte, un léger souffle releva mes cheveux dans ma nuque et je me plaquai contre le mur pour projeter tout autour de moi, avec des gestes saccadés, le rayon lumineux de mon téléphone. Plafond, murs, embrasures de portes. Rien ni personne.

Ce n'est qu'un courant d'air !

Encore quelques mètres et j'arriverais dans le hall d'entrée et son impressionnant plafond cathédrale. L'accès à l'escalier à vis était plongé dans le noir, ainsi que la mezzanine, et je franchis vite fait le seuil pour déboucher dans la cuisine, plus haletante qu'après un cent-mètres chrono.

Je m'assis pour reprendre mon souffle et remarquai qu'une des portes du meuble en formica était entrouverte. Intriguée, je m'approchai. Sur un coin de l'étagère, bien à l'abri derrière les casseroles en fonte, un mulot avait accumulé des graines, des fruits secs et, sur un autre, un tas de déjections. Au-dessus, je découvris de la vaisselle : assiettes et bols, quelques verres aussi, dont certains remplis d'insectes morts et, sur l'intérieur de la porte, une photo jaunie, punaisée.

Giuseppe et Philomène figuraient là, tous les deux, attablés dans cette même cuisine et se dévoraient des yeux. Ce cliché ancien donnait une autre couleur à cette pièce, celle des casse-croûte nocturnes improvisés, des confidences de dernière heure. J'avais le sentiment d'être une observatrice privilégiée de leurs amours, je les voyais côte à côte, occupés à grignoter de vieux restes, en riant peut-être de ce qu'on pouvait bien raconter sur eux dans le village. Il lui volait un baiser sur la joue, elle chipait un morceau de pain dans son assiette… puis elle se levait, ôtait son gilet qu'elle abandonnait sur la chaise et il courait la rejoindre dans la chambre…

… quand, soudain, j'entendis marcher sur la mezzanine, juste au-dessus de ma tête. Le cœur battant si fort que je crus qu'il avait envahi ma gorge, j'attrapai le premier objet à ma portée, en l'occurrence le couteau de Giuseppe, et je me précipitai dans l'entrée. Le bruit de pas s'éloignait vers la promenade des quatre vents, j'en aurais mis ma main à couper. Sans réfléchir, je m'élançai dans l'escalier à vis. Mes jambes tremblaient tant que je trébuchai et lâchai mon téléphone.

L'obscurité m'enveloppa. Je m'immobilisai et tendis l'oreille.

— Y a quelqu'un ?

Avais-je rêvé ?

Ce que m'avait raconté Amaretto sur les fantômes hantant cette maison me revint en mémoire, et je me demandai si je n'aurais pas été plus avisée de la prendre au sérieux. Comme pour appuyer ces pensées, le grincement d'une porte sur ses gonds rompit le silence, puis un courant d'air s'engouffra dans l'escalier, portant avec lui des plumes et de la poussière.

Quelque chose ou quelqu'un marchait dans le pigeonnier.

Je m'accroupis dans le noir et récupérai mon téléphone à tâtons. Quand je débouchai dans la galerie, la porte donnant sur la cour claqua, me clouant sur place.

— Oh hé ? Qui est là ?

Je me hasardai dans cette direction, le manche du couteau de Giuseppe serré entre mes doigts. La lune éclairait les dalles et les branches du tilleul s'agitaient un peu plus bas. En me penchant par-dessus la rambarde, je distinguai la balançoire ; elle remuait.

C'est le vent.

J'ouvris la porte du pigeonnier, et des feuilles mortes crissèrent en glissant jusqu'à moi, dans un tourbillon de duvet. Les tourterelles dormaient, serrées les unes contre les autres. Mais dans l'air flottait une odeur de mèche brûlée, celle d'une bougie qu'on vient d'éteindre. Je balayai la salle de mon faisceau lumineux qui accrocha la pile de romans. J'aurais juré qu'elle n'était plus telle que je l'avais laissée.

Les fantômes ne lisent pas.

Rageuse, je bloquai à nouveau la porte de la galerie, avec deux planches cette fois, et retournai au pigeonnier où je ramassai les livres avant de redescendre, histoire d'en priver mon visiteur.

Devais-je avoir peur ? J'étais seule, loin du village, du premier voisin, et même des ondes téléphoniques.

— Penser à ajouter sur la liste des courses : chaîne et cadenas, bombe au poivre, murmurai-je dans le silence de la grande demeure. On ne sait jamais.

Tu as raison, on ne sait jamais !

Je chassai l'embryon d'appréhension qui tentait de m'étreindre et, les livres serrés contre le cœur, j'attrapai le gilet de Philomène et retournai au pas de course dans l'atelier où je m'enfermai à double tour.

Ils veulent m'effrayer pour me forcer à renoncer à mon héritage.

À la mort de mes parents, j'avais abandonné toute idée de peur puisque je n'avais plus rien à perdre, et je fus troublée par cette impression désagréable qui serrait ma poitrine.

Un autre de tes conseils, tonton ?

À cet instant précis, un rayon de lune frappa la table sur laquelle j'avais posé mon téléphone. Le message de Giuseppe était clair, vu qu'il n'y avait qu'un nom dans mon répertoire, celui de Monsieur X.

Devais-je l'appeler pour lui proposer de me rejoindre ? La question me donna aussitôt le tournis. Mais à quel titre ?

Viens donc à Parme, mon aigle ébouriffé ! Et apporte la paperasse tant que tu y es ! Et pourquoi pas ? Maître, je veux signer au plus vite, des gens tentent de m'intimider et de me voler la ferme. Un fantôme lit dans le pigeonnier et un autre veut acheter mes oliviers. Enfin non, le voisin. Mais c'est pareil !

Je gardai longtemps le doigt sur mon téléphone, prête à l'appeler.

— Vous seul pourrez m'aider à trouver une solution pour sauver ce qui peut l'être dans le domaine ! suppliai-je. Et peut-être aussi me prendre dans vos bras, et plus si affinités.

Ou tu as l'argent, ou tu ne l'as pas. Pas besoin d'un notaire pour trancher.

Je faillis appuyer sur la touche *appel*. Puis me ravisai. Mon aigle ébouriffé n'était pas à ma disposition jour et nuit, et même si l'idée de lorgner son cul rebondi tous les jours était loin de me déplaire, ce n'était pas la question. Et puis, pour ce qui concernait la paperasse, on était le week-end, ça pouvait bien attendre lundi.

En attendant, j'avais de bons romans à dévorer, les cuisines et les chemins à déblayer, bref, un tas de ruines à gérer… moi la première, en attendant de trouver une solution pour sauver le *castello* du désastre.

De toute façon, l'écran de mon téléphone affichait toujours : *Nessun servizio.*

12

Eddie voyageait en moi depuis mes dix ans, par je ne sais quel sortilège. Une rencontre peut être fortuite, mais deux, trois, alors que vous aviez échoué à les provoquer et pratiquement renoncé quand le hasard vous a, à nouveau, souri… S'il n'y a pas là la démonstration d'un principe supérieur qui fait de nous des marionnettes inconscientes que leur sort se joue ailleurs !

Durant la période qui a suivi l'épisode du métro, j'ai marché sur un fil tendu entre l'euphorie et l'accablement. Tant que je n'agissais pas, tout restait possible. Au moindre faux pas, j'hériterais d'une vie de regrets. Comment se décider avec un tel couperet au-dessus de la tête ?

J'ai décidé d'y aller à pas de loup, en observateur silencieux de ses jours. J'ai fréquenté le café où elle s'octroyait des pauses, transpiré dans la salle de sport où elle allait se défouler. Il arrivait même que je m'installe au cinéma, un rang dans son dos. Eddie voyait un film par semaine, et, aujourd'hui encore, je me demande ce qui motivait ses choix, car elle était capable de visionner un blockbuster américain ou un drame coréen, et la fois d'après, une comédie iranienne. Son éclectisme me nourrissait, et j'en retirais le tout petit bonheur de partager quelque chose avec elle.

Mon ange de l'avenue Junot vivait comme un métronome. Certains samedis soir, elle sortait draguer dans des boîtes à la mode, ou le bar de grands hôtels. Quand je l'ai découvert, j'ai redouté ces moments où elle se perdait dans les bras d'un autre. Que serait-il advenu de moi si Eddie avait rencontré sa moitié d'orange ? Existait-il plus d'une âme sœur pour chacun ? Les vues de l'esprit mènent parfois à l'effroi.

J'ai vite compris que je pourrais « hanter » la vie d'Eddie jusqu'à mon dernier souffle et la croiser cent fois sans que jamais elle ne me voie. Tant que ses fantômes ne se seraient pas apaisés, elle ne ferait qu'ignorer ou repousser celui qui l'aimerait. Je devais fouiller la matière des jours anciens à la recherche de ce qui l'avait autant meurtrie, pour espérer la voir m'ouvrir son cœur.

Il m'a fallu du temps pour rassembler de premiers indices et d'énormes mensonges – je me suis fait passer pour un policier, un juriste, un agent d'assurances, un ami, un membre de la famille, et j'en passe – pour apprendre enfin que les parents d'Eddie avaient grandi dans un foyer de la DDASS où ils s'étaient rencontrés pour ne jamais plus se quitter.

Ils avaient étudié la médecine. Son père était anesthésiste, sa mère obstétricienne ; les anciens de la maternité de Port-Royal s'en souviennent encore. Un homme attachant et une femme charmante, tous deux privés de racines, et qui comblaient ce vide en se dévouant corps et âme à leurs patients. Des parents attentionnés et si amoureux l'un de l'autre qu'ils avaient baptisé leur fille de la contraction de leurs prénoms : Édith + Freddie = Eddie.

Une indiscrétion bancaire et le concours bienvenu de Fati m'ont enseigné que l'appartement de Montmartre était bien celui de mon ange. Dès qu'elle avait été en âge de travailler, Eddie avait économisé pour se le payer. S'installer sur la Butte était un rêve pour cette gamine qui avait vécu avenue Junot.

Étrangement, j'ai eu le sentiment, au regard de ses confidences dans le métro, que mon ange méconnaissait une partie de son histoire, et j'ai poursuivi mes recherches avec la conviction que, lorsqu'on s'aime autant que les parents d'Eddie, on ne se suicide pas sans raison (sans une *putain* de bonne raison), comme une maladie dégueulasse, l'annonce de la fin imminente du monde ou l'influence d'un gourou. Et encore, aucune de ces explications ne les aurait empêchés de rédiger une lettre d'adieu…

Le rapport du médecin légiste, obtenu après corruption active d'un employé du service des archives, m'a donné une première piste. La mort des parents d'Eddie avait été provoquée par un arrêt cardiaque, dû à l'ingestion d'une toxine nommée *Convallaria Majalis Majalis*. Internet m'a appris qu'il s'agissait du nom savant du muguet, et que les ravissantes clochettes du 1er Mai étaient un concentré d'une quarantaine de composés toxiques.

Un chemin tranquille mais inéluctable vers la mort.

Si ces informations n'écartaient pas la thèse du suicide, elles ouvraient le champ des possibles. Ce type d'empoisonnement était commun dans les villes où les gens cultivaient fleurs d'ornement et plantes comestibles dans les mêmes balconnières.

Se pouvait-il qu'Eddie ait échappé à la mort simplement parce qu'elle n'aimait pas tel ou tel aromate ? Pourquoi les autorités s'étaient-elles contentées de ce rapport médico-légal ?

Vingt ans plus tard, je devrais me contenter d'hypothèses. Le présent manque de mémoire, les souvenirs se flétrissent, les gens déménagent, et, de nos jours, les quartiers changent de visage à toute allure et leurs habitants ne se connaissent plus. Pourtant, une institutrice à la retraite avait conservé un dessin d'Eddie, six ans, tenant la main de ses parents devant ce qui ressemblait à un voilier. J'ai songé que, si les gosses dessinent ce qu'ils vivent, mon ange avait eu une belle place dans sa famille.

Alors pourquoi prétendait-elle le contraire ?

L'idée qu'Eddie avait enfoui ces moments heureux pour mieux encaisser la mort de ses parents a grandi en moi, et m'a encouragé à poursuivre mes investigations. Après tout, je n'avais que cela pour me rapprocher d'elle. Ça et le nom d'un gentil voisin qui, d'après cette institutrice, avait veillé sur les premières années de mon ange.

Là encore, Fati et ses relations m'ont été d'un grand secours, puisque j'ai facilement retrouvé la trace de ce voisin, retiré dans un village normand.

Dans son hangar, le voilier du dessin était toujours là, protégé par une bâche recouverte d'une couche de fiente, de poussière et de mousse, semblable à une gangue minérale. Autour de la coque, la cale sèche était encombrée d'objets hétéroclites : un matelas à ressorts, deux mobylettes, un bloc de douche et des éviers en céramique.

Je n'avais rien imaginé avant d'être sûr de retrouver ce deux-mâts. En le voyant, il m'apparut certain qu'il lui revenait de plein droit et qu'elle devait absolument apprendre son existence.

— Il vous intéresse ?

La voix caverneuse s'est incarnée dans un vieux bonhomme, à l'allure aussi disloquée que son hangar.

— Vous en voulez combien ? lui ai-je demandé.

— Rien, il n'est pas à moi.

La bâche a glissé sur le sol avec un bruit de croûte qui se craquelle, et des rongeurs dérangés en pleine sieste ont couiné en détalant. C'était un beau voilier de croisière qui n'avait jamais pris la mer. J'en ai fait lentement le tour. Et comme je le soupçonnais, il avait été baptisé *Eddie*.

— Ils voulaient offrir un tour du monde à la petite pour ses seize ans, histoire de rattraper le temps perdu à travailler comme des fous, loin d'elle.

— Pourquoi vous ne lui avez pas tout raconté ?

— Pour qu'elle regrette à jamais d'être passée à côté de sa vie ?

Je ne suis pas parvenu à me décider sur la pertinence de cette décision. Fallait-il être le meilleur des hommes pour agir ainsi, ou au contraire le plus grand des lâches ?

Fati m'avait persuadé qu'à moins d'être Dieu en personne, juger ses semblables n'avançait à rien.

Alors, je rentrai à Paris, malheureux dépositaire d'un superbe voilier et gardien d'un secret dont je ne savais que faire.

13

Un peu avant l'aube, je me tortillai hors de mon sac de couchage, le nez glacé et étrangement requinquée par la visite nocturne de mon fantôme-lecteur-aventurier. L'autruche qui s'était écrasée contre le mur avait su se relever encore plus forte, et fourbissait à présent ses armes contre les envahisseurs, cambrioleurs et autres fantômes de pacotille.

On ne touche pas à mon héritage !

Et j'entamai une nouvelle…

Liste des indispensables pour protéger le castello *des intrus :*

Acheter un fusil, ou un flash-ball, ou un taser

Fabriquer des pièges comme dans les films ?

Avec des flèches, des grandes lames qui tombent du plafond

Des trous pleins de pals

Mettre des cadenas partout, ou faire changer les serrures

Des capteurs de mouvement et des caméras

Et pourquoi pas des herses, un pont-levis et des oubliettes ?

Une demi-heure après mon réveil, j'étais débarbouillée et fin prête pour accueillir Simone, le cousin d'Amaretto. Celui-ci m'avait offert l'escabeau et les outils nécessaires pour commencer les travaux en échange de la remorque à bras qui encombrait les cuisines. Elle appartenait à son père, décédé depuis, et par superstition il n'avait jamais osé venir à la ferme pour la récupérer – franchement, pour un colosse de cet acabit, ce n'était pas sérieux !

J'avais accepté de la lui rendre, en précisant que cela ne serait possible qu'une fois la voie de service dégagée et le chemin déblayé. Il m'avait alors proposé de s'y employer dès le lendemain avec quelques amis, tant qu'il n'avait pas à pénétrer à l'intérieur des bâtiments.

Quand je déboulai dans la cour accédant aux cuisines, six hommes tous plus robustes les uns que les autres étaient déjà à pied d'œuvre. Je songeai qu'il y avait là assez de corps appétissants pour me satisfaire une année entière, et souris de mes pensées. Habituellement, ces torses nus luisants de sueur m'auraient ouvert l'appétit, et j'aurais batifolé sans honte derrière les bosquets avec n'importe lequel d'entre eux, dans l'heure qui suivait.

Mais aujourd'hui, je n'avais d'attention que pour la cour qui se débarrassait sous mes yeux et pour Simone, qui m'expliquait que le tracteur avait grimpé la pente caillouteuse sans peine et qu'ils avaient déjà arraché les arbustes et poussé dans les fossés les pierres tombées de la falaise. Après le passage du rouleau-dameur, la voie conduisant à l'entrée de service serait praticable avec une camionnette tout-terrain. Côté ouest, le sentier du réverbère resterait à jamais un sentier, à moins d'embaucher des professionnels.

L'idée qu'aucun véhicule n'accède jamais à l'aile du *castello* dédiée à Giuseppe et Philomène me convenait, même si, dans l'absolu, priver le corps principal d'une voie carrossable n'était pas raisonnable.

On verra plus tard...

À présent, les hommes triaient les moellons du mur effondré, chargeant les plus abîmés sur la remorque. Ceux qui pouvaient servir à réparer l'enceinte avaient été triés en fonction de leur calibre. Si je le souhaitais, la rebâtir de ce côté de la propriété serait aisé, moyennant quelques cageots d'olives.

Ben voyons !

Arrête d'être stupide, ce n'est pas cher, quelques cageots d'olives !

Tu as raison, tonton.

Je rétorquai à mon aimable terrassier que sa proposition me paraissait assez honnête pour être acceptée – nous convînmes donc qu'il commencerait les travaux la semaine suivante –, et retournai à mon occupation du jour, en l'occurrence raccorder l'eau du puits à la cuisine.

J'ignore comment je parvins à joindre le tout, moi qui n'avais jamais bricolé, mais il faut croire que mon habitude des notices d'utilisation et la voix de tonton Giuseppe me soufflant à l'oreille « pas comme ci, plutôt comme ça » avaient suffi pour que j'accomplisse la manœuvre sans dommage.

En début d'après-midi, j'actionnai les magnifiques pompes à main en fonte ; les pierres à eau de la cuisine se remplirent, mouillant le matériau asséché par des années de disette qui recouvra tout son éclat. La roche polie, d'un gris veiné de brun-vert, était belle. On aurait dit la coupe d'un paysage de vallées et de collines dans laquelle les ères successives se seraient sédimentées, laissant deviner les transformations, les mouvements de sable, les rivières grignotant les falaises, les arbres vivant et mourant au gré des saisons. En regardant cet évier ancestral, j'admirais des siècles d'histoire aussi sûrement que si je me penchais au-dessus des remparts pour m'emplir de la beauté de la vue.

J'aurais tant aimé passer les étés de mon enfance à ramper sous les haricots grimpants avec tonton Giuseppe, les équeuter, un torchon sur les genoux, les entendre grincer, serrés les uns contre les autres, derrière le verre des bocaux, les humer bouillants et plus verts qu'avant, à leur sortie de la lessiveuse, et les aligner sur les étagères pour les dévorer des mois plus tard, attablée devant la cheminée ! Courir autour de la grande table, les mains pleines de farine, tandis que Giuseppe aurait façonné les *tortellini*, *cappelletti* et autres pâtes farcies ou découpé les tagliatelles au couteau ! J'aurais pu éplucher les fruits, les légumes et les oignons, je les aurais plongés dans la marmite, sur le feu, et j'aurais touillé la riste d'aubergine avec une cuiller plus grande que moi, tandis que mon tonton idéal m'aurait raconté des histoires de brigands de grand chemin, d'aventuriers et de chasseurs de trésor, comme ceux de ces livres qu'un fantôme ou un courant d'air avait abandonnés ici !

Je demeurai, les mains dans l'eau gelée, à mi-chemin entre la béatitude et une profonde frustration.

— *Castellana*, on a terminé !

La voix de Simone, resté dans la cour, m'extirpa de mon immobilité. Je partis aider un de ses fils, le plus jeune, vingt ans à peine, et le moins trouillard, à débarrasser la charrette à bras et à la tirer hors de la cuisine, et remerciai les hommes, les uns après les autres. Quand elle fut chargée sur la remorque, le gamin qui m'avait aidée à la sortir s'approcha de moi. Ses cheveux blondis par le soleil cachaient d'incroyables yeux bleus.

— Vous vendez les tomettes, madame ? Mon père est intéressé.

— Dis-lui qu'ici il n'y a rien à vendre, mais que s'il le souhaite, il y a du boulot ! En attendant, fiche le camp, *Semi di finocchio* !

Je ris de l'expression que je venais d'inventer, littéralement « graine de fenouil », qui mêlait à la fois l'usage du français et une injure gentillette à l'italienne (du moins ici, parce qu'en Toscane, c'était une autre histoire !), et retournai dans le bâtiment sans plus me préoccuper de lui.

La place libérée par la charrette à bras donnait à la pièce une dimension impressionnante, et j'imaginais déjà comment j'organiserais l'espace, quand les tomettes seraient rescellées et huilées, les fissures des murs enduites, les plafonds consolidés, les poutres poncées et traitées, la cheminée ramonée, certains petits carreaux des vitres remplacés, etc.

C'est alors que je remarquai qu'une des fenêtres donnant sur les champs d'oliviers était restée ouverte. Le mécanisme fonctionnait, je me rappelais l'avoir verrouillée la veille au soir. Je me penchai, découvris le vide en dessous de moi, au moins deux étages, et repérai l'échelle dissimulée à la hâte dans les fourrés.

Je te tiens !

Il n'était pas compliqué d'en déduire que le fantôme lecteur venait du terrain voisin, entrait dans la cuisine par ici, se faufilait dans le pigeonnier *via* la porte donnant sur l'escalier creusé dans le mur grâce à sa clé personnelle.

Sans plus attendre, je décidai de sauter sur mon vélo pour rallier l'entrée de la propriété située un kilomètre en aval, juste avant le village, sonner au porche, me présenter à l'intrus et lui dire ma façon de penser.

14

Entre l'instant où je décidai de rendre visite à mon voisin fureteur et celui qui vit le portail automatique s'ouvrir devant moi, il s'était passé une heure – j'avais été optimiste en imaginant que l'accès à cette propriété n'était distant que de un kilomètre.

Je posai mon vélo dans l'herbe et m'avançai le long d'une allée de cailloux blancs, comme une voix grave m'en avait priée *via* l'interphone. Ici, j'avais l'impression d'être dans l'antimonde de celui de mon *castello infestato*. Le chemin, délimité avec soin, empruntait une courbe douce qui longeait la pente et, de là où je me tenais, on ne distinguait rien de la maison, nichée entre des bosquets de cyprès ; en revanche, les hauts remparts de la ferme de Giuseppe surplombaient l'ensemble sous un soleil éclatant.

Je compris aussitôt pourquoi le maître des lieux la convoitait. Avec elle, il posséderait la colline tout entière, puisque ses champs d'oliviers, ce que je n'avais pas imaginé depuis mon perchoir, occupaient la majeure partie des coteaux avoisinants. Le reste de son terrain était composé de parcelles de lavande, de basilic et de tout un tas d'autres plantes aromatiques dont les parfums saturaient l'air.

Le parc avait été aménagé avec goût, et même s'il n'émouvait pas autant que l'adorable désordre du jardin de mon *castello*, il y régnait une belle harmonie. En haut du terrain, une place offrant une vue à cent quatre-vingts degrés distribuait la piscine, dont les mensurations valorisaient le marbre vert du bassin qui donnait à l'eau une couleur irréelle. Face au *pool house*, une cuisine d'été permettait à l'occupant de se restaurer en profitant du panorama. Le bâtiment rectangulaire aux pierres apparentes ne comportait qu'un étage. Les volets étaient peints dans un joli vert et les huisseries, simples, évoquaient une maison de famille, bien différente de celle que je me figurais en grimpant jusqu'ici.

Sur le perron, un homme aux yeux clairs attendait que j'approche, nonchalamment appuyé sur une canne. Il était vêtu comme un paysan, mais dans sa posture je discernai une élégance innée qui m'interpella.

— Bienvenue, *Castellana*. (S'il était inconnu de la plupart des habitants, il semblait parfaitement renseigné.) Je vous offre un expresso ? *Una gazosa ?* À défaut de vous avoir accueillie au portail. Avec ma patte folle, je ne vais plus très loin.

Je le suivis sous la pergola ombrée de vigne, et attendis d'être attablée avant d'ouvrir la bouche.

— Je suis désolée de débarquer à l'improviste…

Non, je n'étais pas désolée. Et je détestais la façon dont j'étais en train de me défiler face à cet homme dont les yeux pétillants me dévisageaient avec curiosité.

Si tu l'entourloupes, il va te dévorer toute crue.

Aide-moi, tonton !

Tête haute, tu es la Castellana *!*

— En réalité, je ne suis pas désolée, me repris-je avec aplomb. Il se trouve que quelqu'un vient chez moi sans mon autorisation. Il passe forcément par chez vous. Il a posé un verrou. Il grimpe à l'échelle, joue au fantôme dans le pigeonnier, lit Dumas, Leblanc, Twain et que sais-je encore. Je suis sûre qu'il a volé les meubles et tous les souvenirs de tonton Giuseppe. De toute façon, ce n'est pas la peine de tenter de m'intimider, je refuse de vendre une seule pierre du *castello*. Ni aujourd'hui ni jamais.

Mais t'es stupide ou quoi ?

Mon voisin me lança un regard si malicieux que je fus déstabilisée.

— Bien, je vous prépare *una gazosa*, dit-il en se levant. Avec de bons citrons de chez nous.

Nous bûmes la limonade en nous fixant dans le blanc des yeux, comme deux adversaires sur le ring avant le coup de gong, sauf que je n'avais aucune chance de l'emporter à ce jeu-là. J'avais si peu d'expérience des rapports humains que je ne savais pas comment me comporter avec lui.

— Vous devez me prendre pour une dingue.

— C'est l'air d'ici. Je vous assure que j'ai eu cette impression-là aussi, la première fois. Je m'appelle Alvaro Franchini.

— Et moi, Eddie.

— Je préfère *Castellana*, avoua mon interlocuteur, et je lui en fus reconnaissante. Mais… vous n'avez pas de nom ?

Mon nom de famille appartenait à mes parents, je n'en voulais pas, il pesait bien trop lourd sur mes épaules. Qui donc aurait envie de s'appeler comme deux égoïstes abandonneurs d'enfants de cet acabit ? Et comme je n'allais pas épouser un homme pour m'affubler d'un autre patronyme, qui traînerait lui aussi son lot de malheurs, je préférais emprunter celui de mon tonton préféré.

— Giangrandi, quoi d'autre ?

Alvaro eut un petit sourire que je ne sus interpréter, ou que je n'osai décrypter comme celui d'un homme qui savait déjà tout de moi.

Étrangement.

Je chassai le frisson qui courait sur ma nuque, et relançai notre échange sur un ton léger.

— Vous habitez une très belle propriété. Vous vient-elle de votre famille ?

Je détestais le badinage, mais n'ignorais pas certains de ses bienfaits. Il me permettrait d'en apprendre plus sur cet homme dont les terrains servaient de passage à mon visiteur mystérieux. Rien ne m'interdisait de penser qu'il connaissait son identité. Peut-être même le protégeait-il ? Après tout, Amaretto ne m'avait-elle pas affirmé que je n'aurais aucun mal à lui vendre mes terrains, si je le souhaitais ?

— J'aime ces collines et je voulais m'y établir depuis longtemps. L'Émilie-Romagne vous touche au cœur au premier regard.

Pouvais-je dire le contraire ? Mon blindage se fissurait de toutes parts depuis que j'étais arrivée ici, je ressentais de la joie et m'amusais d'un rien, même d'un courant d'air. J'avais parlé à plus de gens en trois jours qu'en un an à Paris !

— Vous vivez seul ?

Non, je ne perdais pas le nord, malgré l'extrême gentillesse avec laquelle Alvaro me recevait. Il restait un ennemi, et j'avais appris très jeune qu'à défaut de les aimer on devait les garder à l'œil.

— Disons que mon fils et moi partageons cette propriété, quand il a le temps de me rendre visite.

Piquée par la curiosité, je demandai à Alvaro de m'en dire un peu plus. Son fils ne serait-il pas idéalement jeune et robuste pour grimper à une échelle et assez fantasque pour jouer aux fantômes dans un pigeonnier ?

Oh, oui, il était tout cela et bien plus encore, si j'en croyais mon interlocuteur… mais il ne pouvait s'agir de mon fantôme puisqu'il était en voyage d'affaires à l'étranger.

— C'est un touche-à-tout qui tente, expérimente. Moi, j'ai grandi en Provence, au milieu des oliviers, lui à Paris, et à dix ans déjà, il trouvait la ville trop étroite pour lui. Nous n'avons pas les mêmes désirs, les mêmes envies. Ici, j'ai trouvé mon paradis. Lui cherche encore le sien.

L'homme eut un sourire nostalgique et amusé, puis il me demanda si j'avais eu l'occasion de goûter l'huile qu'il pressait à la propriété.

Il n'était pas question que je lui accorde ce plaisir…

— Alors, laissez-moi vous en offrir une bouteille, me proposa Alvaro, en posant devant moi un flacon ouvragé sur lequel était apposée la fameuse étiquette : *Gli ulivi di Fati*, *extra vergine*. Notre huile est constituée d'un mélange d'olives plus ou moins mûres, dans les proportions nécessaires pour obtenir les arômes désirés. Celle-ci présente une touche artichaut dans des saveurs de noisette. Elle est exceptionnelle sur une purée truffée. Et biologique, comme vous l'imaginez. Songez-vous à exploiter vos arbres vous-même ? Le domaine est grand pour une femme seule.

Nous y voilà...

— Qui vous dit que je suis seule ?

— Il n'est point besoin d'être Nostradamus, ici les rumeurs sont colportées par les insectes eux-mêmes !

J'aimais son humour et sa façon de me regarder avec bienveillance, j'aimais aussi les rides qui plissaient le coin de ses yeux et son sourire avenant. Et j'aimais imaginer que mon père aurait eu ce regard pour moi, s'il avait décidé de vivre, plutôt que de disparaître comme le plus lâche de tous les voleurs. Oui, j'appréciais la compagnie de cet inconnu, et je fis tout pour le lui cacher soigneusement.

— Être seule aujourd'hui ne signifie pas le rester demain.

— Comptez au moins un voisin sympathique. D'ailleurs, si vous avez besoin de renseignements sur la région, d'adresses, ou s'il vous prenait l'envie de profiter de la piscine...

Je détournai le regard pour admirer les reflets irisés du marbre de l'immense bassin, au-delà duquel s'étalait l'olivaie du *castello*, dont les arbres baignés de soleil avaient les pieds plongés dans une herbe de ce vert fluorescent qui mouchetait les pentes de la colline. Qui aurait refusé de plonger dans cette eau délicieuse et de lézarder quelques instants au soleil ?

— Je me baignerai quand j'aurai achevé ma tâche, rétorquai-je. Combien de personnes employez-vous sur votre domaine ? Ce sont des permanents ?

— Moins d'une dizaine, un peu plus au moment de la cueillette. Nous arrosons peu, l'olive naturelle est plus goûteuse et la terre d'ici retient l'eau en profondeur. Avez-vous besoin de main-d'œuvre ?

— Je cherche plutôt à savoir qui se balade chez moi la nuit.

— Votre visiteur nocturne et amateur de littérature n'est pas un de nos ouvriers, c'est certain.

— Comment pouvez-vous l'affirmer ? Les Italiens ne lisent pas ?

— Ils pratiquent peu le français.

— Ce sont des versions originales, mais peu importe. Vous-même ne lisez pas ?

— Jamais dans les pigeonniers. Je suis un homme très occupé.

— À convoiter la maison des autres ?

— Vous êtes dure, *Castellana* ! Me croyez-vous capable de priver nos paysages d'une aussi jolie vue pour quelques bouteilles d'huile supplémentaires, fût-elle la meilleure au monde ?

Niveau 3

L'incident grave est provoqué
par un dysfonctionnement important
et peut induire des dommages sanitaires
non mortels sur le personnel exposé.
Plusieurs dizaines d'incidents
de ce type ont eu lieu dans le monde
ces trente dernières années.

15

Mon obsession à percer le secret de la mort des parents d'Eddie m'ayant ratiboisé financièrement (et moralement, mais c'est une autre histoire), j'ai décidé qu'il était temps de relancer mon activité de cambrioleur.

Mes larcins sur la Butte m'avaient permis d'économiser dix mille euros. J'en ai consacré la majeure partie à l'acquisition de vêtements, d'une Rolex d'occasion, d'une paire de chaussures de la marque Weston et, pour finir, d'une coupe de cheveux et d'une tondeuse à barbe. Et c'est en exposant fièrement une barbiche à la Jack Sparrow que j'ai repris ma carrière d'Arsène Lupin – choix culotté et plein d'ironie, j'en conviens !

La méthode consistait à répondre aux annonces de vente de voitures de collection et de profiter de l'instant où le vendeur me proposait de m'installer au volant pour prendre la poudre d'escampette. Les plus méfiants s'asseyaient côté passager, mais il suffisait que j'évoque un bruit de moteur suspect pour que le propriétaire file soulever le capot, et se retrouve comme deux ronds de flan au beau milieu de la pampa !

J'éprouvais un réel plaisir dans la pratique de cette entourloupe, et je n'arnaquais que des gens pour qui la mésaventure blessait davantage l'orgueil que le portefeuille.

Durant deux ans, j'ai perfectionné ma technique, me restreignant à une voiture par mois. Pas question de finir derrière les barreaux à partager ma croûte avec une compagnie dont on disait qu'elle manquait de savoir-vivre. Dans le même temps, j'étudiai l'art de la serrurerie, améliorai mes connaissances en informatique, éreintai mon corps dans les piscines parisiennes et sur les murs d'escalade, et peaufinai mon projet d'une vie avec Eddie.

Les études me comblaient, mes pigeons cavalant après leur voiture m'offraient des souvenirs uniques et une collection de noms d'oiseaux à en faire pâlir plus d'un.

C'est la commande d'une Jaguar des années cinquante, un cabriolet d'une valeur supérieure à celle des berlines que je volais d'habitude, qui a donné un coup d'arrêt brutal à cette période de bonheur. Avec ce modèle ancien, le coup du « y aurait pas comme un bruit dans le moteur ? » aurait dû être imparable, mais le type en complet veston trois pièces, dont les yeux étaient encore plus perçants que ceux de Fati, m'a collé le canon d'une arme sur le flanc et m'a annoncé, sans lâcher le volant :

— Toi, le Petit, tu vas bosser pour moi ou je te découpe en rondelles.

Un sourire aux lèvres, il a ajouté que j'avais une dette envers la société correspondant à trois ans d'emprisonnement pour vol de voitures, et qu'au vu du coût moyen d'un prisonnier au contribuable je lui étais redevable d'environ cent cinquante-neuf mille euros, ce que je pourrais lui rembourser en cinq ans environ.

Interdit, j'ai songé à Eddie, que je ne reverrais sans doute jamais, à Fati, qui aurait su comment me sortir de ce pétrin. Et enfin à ma mère, elle qui m'avait toujours mis en garde contre l'appât du gain.

En somme, si j'avais consacré un temps fou à me former au métier de cambrioleur, ce serait pour l'usage exclusif d'un malfrat dont les rides étoilant les yeux racontaient que sa vie avait été faite de grandes joies et de profondes peines.

Le marquis de Picard devait son surnom au début de sa carrière, époque où il enfermait ses victimes dans un camion frigorifique pour contraindre les plus récalcitrants à livrer le code de leur coffre-fort. Il avait eu trois fils de trois femmes différentes. L'aîné avait disparu au cours d'une guerre que la France avait menée sur le sol africain, le cadet séjournait dans une prison de haute sécurité pour meurtre aggravé, et le benjamin, sa plus grande honte en ce monde, exerçait le métier de gendarme. Il ne possédait pas de titre nobiliaire, ce dont je me doutais, et se faisait appeler « marquis » à cause de ses manières. C'est vrai qu'il avait de l'éducation, de la finesse d'esprit et une certaine idée de son métier, qu'il jugeait honorable et compatible avec la civilisation de la propriété privée, de la police et des juges, pour tout dire, nécessaire à cette société.

« Comprends-moi bien, le Petit, sans la peur de perdre ses biens, le bourgeois vivrait dans l'opulence sans même s'apercevoir de son bonheur. Nous offrons du frisson aux vivants trop bien lotis. La Bible a ses dix plaies, la France a ses voleurs, et nous sommes ses artistes. »

Le Marquis n'utilisait jamais le mot « travail », une écharde qui lui aurait écorché la langue : « Nous sommes des princes, et les princes ne travaillent pas. Les princes gouvernent et dépensent l'argent des autres. N'est-ce pas précisément ce que nous faisons, le Petit ? »

Un vrai philosophe, le Marquis.

Quand il choisissait une cible, nous passions à l'action sans jamais déroger aux six règles imposées :

1 ON N'UTILISE QUE DES TÉLÉPHONES SANS ABONNEMENT.

2 ON NE BOIT PAS D'ALCOOL.

3 ON NE SE MONTRE PAS ENSEMBLE EN PUBLIC.

4 ON RATISSE UNE LOCALITÉ PAR NUIT ET ON DISPARAÎT.

5 ON NE POSSÈDE PAS DE COMPTE BANCAIRE.

6 ET CONTRAINTE ABSOLUE : ON OPÈRE SANS ARME.

Au fil des années, nous en avons pillé des propriétés, vidé des coffres de leur or, délesté des gens fortunés de leurs richesses superflues. La Normandie, l'île de Ré, la Côte d'Azur, nous nous y sommes régalés, dépassant parfois en appétit le pire des ogres de conte. Partout où les gens remplissaient leurs propriétés d'objets dont personne n'a besoin pour être heureux, nous avons sévi.

Chaque année, comme de coutume, je faisais main basse sur les biens de l'Odieux, le fils indigne de Noémie, ma chère grand-mère gâteau de Montmartre. Une fois, c'était la maison de la rue de l'Abreuvoir, la fois suivante une de ses résidences secondaires. Nous agissions en fonction de notre « agenda » ; le Marquis était ravi de s'associer à ma vendetta personnelle. Il nous est même arrivé de délester l'Odieux d'un cheval de course. Et comme il possédait une bicoque à Saint-Martin dans les Caraïbes, nous avons écumé les Antilles. Chaque fois, nous avons abandonné sur les lieux de nos forfaits une carte signée *Gavroche*.

Longtemps j'ai ignoré s'il se souvenait de moi, jusqu'à ce qu'un jour, après avoir reçu sa visite et celle des flics à mes trousses, Fati me dise : « Plutôt que de chercher à emmerder le reste du monde, tu ferais mieux de trouver ton bonheur ! »

Sage Fati, que j'aurais dû écouter. Mais où serait le plaisir de la cambriole, si l'on ne pouvait régulièrement rappeler aux vilains qu'avec leur sale manie d'amasser ils empêchent le reste du monde de vivre dignement ?

Mon petit bonheur de fin d'année, je le trouvais dans la carte de vœux que j'adressais à l'Odieux, en général accompagnée d'une photo de ses valeurs. Il faut dire qu'il avait du goût, le pignouf de la rue de l'Abreuvoir, en plus d'être bien né !

16

La loi de Murphy voulait que le réseau ne passe pas dans mes belles vallées romagnoles, alors qu'il me fallait joindre mon notaire au plus vite. J'eus beau descendre au village après ma visite à Alvaro Franchini, remonter sur ma colline, le nez et le téléphone en l'air, rien à faire, si bien que je me décidai à l'appeler depuis le téléphone de l'auberge.

J'étais essoufflée quand la sonnerie retentit dans l'écouteur, et loin de l'état d'esprit moqueur qui m'animait quelques jours plus tôt. Imaginez, un voisin richissime et déterminé à posséder la colline tout entière *versus* une pauvre fille ruinée par son héritage, c'était joué d'avance.

Qui sait, peut-être ce charmeur d'Alvaro était-il déjà en train de houspiller mon notaire pour racheter mes dettes futures ou imaginer je ne sais quel coup tordu dans mon dos !

Ah, croyez-moi, je n'allais pas le laisser faire !

La sonnerie s'éteignit sur la boîte vocale de l'étude ; évidemment, il était plus de vingt heures. Il me restait bien son mobile, Monsieur X me l'avait confié avant que je m'envole pour l'Italie en me demandant de le joindre à mon arrivée. C'est vrai, je ne l'avais pas appelé, mais souvenez-vous, il n'y avait pas de réseau. Et puis, pourquoi le déranger ? Je n'avais pas de problème, juste la trouille de voir mon héritage avalé par un voisin concupiscent, héritage que je n'étais même pas certaine de pouvoir assumer. Avant cela, je devrais signer tout un tas de papiers qui ne se signent pas le soir, encore moins dans une auberge paumée au fin fond de l'Italie.

— Un lambrusco *secco*, s'il te plaît, commandai-je à Amaretto.

Je regardai avec nostalgie le liquide rosé couler dans le verre et former une mousse crémeuse qui s'évanouit aussitôt.

— T'es plus fâchée ? me demanda-t-elle, d'un ton mi-figue mi-raisin.

— Désolée pour l'autre soir… je suis une tête de pioche.

— Bois, m'absolut-elle, tu me raconteras après.

Je trempai mes lèvres dans le vin, et le CO_2 dissous chatouilla ma langue et éclata dans ma bouche. L'effet *frizzante* du lambrusco et son goût si particulier, très aromatique et acide, à l'agréable nez de fruits noirs, me ramena, j'ignore pourquoi, au chant des drisses.

— Je vais devoir rentrer à Paris pour parler à mon notaire, à mon banquier, aux agences immobilières, aux gens, prendre l'avion, le métro, entendre le bruit des voitures, sentir l'odeur de la ville, alors que je n'ai qu'une envie, m'installer au *castello* ; mais pour savoir si c'est possible, je dois partir. Quel paradoxe !

Bon, j'avais craché le morceau. Et rien ne se passa. Les chacals ne se précipitèrent pas sur mon cadavre et les vautours ne s'abattirent pas sur moi pour m'arracher les yeux.

Seul le front plissé d'Amaretto témoigna de son inquiétude.

— Tu es vraiment décidée…

— Je n'ai rien signé, admis-je. Rien vendu, non plus. En réalité, je suis paumée. J'ai raccordé l'eau et le générateur est opérationnel, mais il y a tant à faire que je ne sais plus par quel bout commencer. Ni même si c'est possible.

Pardon, tonton Giuseppe, mais comment pourrais-tu m'aider, de là où tu es ? Un tire-bouchon et un poinçon, ce n'est pas suffisant ! T'aurais pas caché un magot quelque part, par hasard ?

Tu ne veux quand même pas que je te dise où j'ai planqué mes pièces d'or !

Je suis ton héritière, ou pas ?

— Tu crois qu'il y a un trésor au *castello* ? repris-je, décidée à ne pas laisser mon imagination me déborder.

— Non, je ne crois pas. Ou plutôt si, mais il est sacrément bien gardé !

— Les fantômes, ironisai-je, bien sûr, quelle idiote !

— Non, je parle de la *Castellana* ! Tu n'as jamais rencontré cette héritière un peu dingue qui habite au milieu des ruines ? Il paraît qu'elle veut s'acheter un fusil !

Je souris sans répondre. Restaurer la ferme de Giuseppe… Monsieur X m'avait avertie qu'il s'agissait d'une folie, Amaretto me le répétait chaque jour et moi-même je le savais lorsque je traversais l'aile ouest pour déblayer la cuisine.

Il faisait encore beau et sec, mais qu'en serait-il quand le vent fouetterait la colline et que la pluie et le gel s'insinueraient entre les tuiles ? Si encore j'étais entourée, si j'avais des tas d'amis prêts à déplacer des montagnes avec moi ou des frères bricoleurs, ou même un père ? Ou mon aigle ébouriffé ?

L'imaginer perché sur un escabeau, nu comme un ver, un rouleau de peintre à la main, ne parvint même pas à m'arracher un sourire.

Jamais ma solitude ne m'avait autant pesée qu'aujourd'hui.

— Tu es courageuse, glissa Amaretto après un silence.

— Inconsciente, plutôt.

L'autruche s'était épuisée à batailler contre les moulins à vent et n'aspirait qu'à remettre sa tête dans le sable.

— Tu es la *Castellana* ! me morigéna Amaretto. Simone m'a dit que tu avais abattu le boulot de dix hommes en cinq jours. Tu sais, ici, ils ne te regardent déjà plus comme au début. Relève la tête et vois ce que tu as accompli !

Ses mots me firent du bien, même si ma nature méfiante me soufflait que les autres ne sont aimables que lorsqu'ils espèrent quelque chose de vous. Et Amaretto espérait bien récupérer quelques-unes de mes terres, au moins autant que mon voisin.

— Tu n'auras pas les vergers, grinçai-je. Ni l'oliveraie. Je ne veux pas brader le domaine et le transformer en patchwork.

— Dommage, c'est joli, un patchwork. Presque autant que mes pizzas !

Amaretto remplit nos verres.

— Franchini, lui, nous dévorerait bien tout crus, moi et mes oliviers. Tu le connais ?

— On ne l'a jamais vu à l'auberge. Son fils non plus, d'ailleurs.

— Des mystères, des inconnus et des fantômes, lui dis-je en levant mon verre. Tout ce que j'aime. *Salute !*

— *Salute !*

Nous trinquâmes, bûmes cul sec, et elle nous resservit. Selon elle, il ne fallait jamais garder une bouteille de lambrusco ouverte dans le frigo.

— Si tu ne la termines pas, son esprit s'envole et ça devient du vinaigre. C'est le *vecchio pazzo* qui disait ça, du temps où il descendait ici. Je le tiens de mon père. Lui, il aurait pu te parler de Giuseppe et de sa Philomène, mais il est mort, le pauvre, comme tous ceux qui les ont connus.

— J'ai trouvé une photo d'eux. Elle rayonne d'amour.

— Tu parles ! Attendre la mort pendant cinquante ans sans une plainte, c'est plus de l'amour, c'est de la folie !

Le bonheur confit des amoureux qui se tripotaient dans le métro ou sur les bancs publics, leurs regards énamourés, larmoyants, leurs rires partagés et leurs sourires complices m'avaient toujours agacée. Comment pouvait-on se réjouir d'aimer en oubliant qu'invariablement l'issue était fatale ? Et pourquoi infliger leur félicité aux autres, qui n'avaient rien demandé ? Le pire, c'était quand je voyais un passant s'émouvoir de ces effusions publiques et l'exprimer avec une banalité du genre : « C'est beau, l'amour ! »

Moi, je trouvais ça si moche que je préférais garder la tête dans le sable.

Il n'y avait que l'amour de mes ancêtres pour m'émouvoir. En regardant ces clichés, j'avais vécu un peu de ce que je redoutais tant sans me mettre en danger, bienheureuse spectatrice d'une romance qui ne présentait aucun risque, puisqu'elle ne me concernait pas.

Tu ne dirais pas ça si ton notaire au cul rebondi se pointait par ici !

Tais-toi !

C'est comme ça qu'on parle à son tonton ?

Pff…

— Tu veux toujours une camionnette ? Le gamin, celui que tu appelles *Semi di finocchio*, il veut bien te vendre sa vieille Fiat.

— Tu crois que je dois l'acheter ?

— Oui, elle a quatre roues motrices, c'est parfait pour grimper là-haut ! Tu sais que chez nous, ajouta Amaretto, *finocchio*, ça se dit d'un homme qui aime les garçons ?

— Et il en veut combien, de sa camionnette ? demandai-je, peu attentive à ce qu'elle me disait. Dix cageots de tomates ? Sinon, il doit me rester trente euros, pas plus.

— Je lui demanderai demain. Tu veux manger ? Ce soir, c'est *piadina con pomodori, sardine, formaggio di capra e insalata*[1].

1. Pain italien aux tomates, sardines, fromage de chèvre et salade.

— Parfait, je meurs de faim. Tu crois que je peux récupérer la camionnette ce soir ? Je n'ai pas le courage de rentrer à vélo.

— Tu peux dormir là, si tu veux.

Amaretto derrière son comptoir, sourire aux lèvres et chiffon à la main, c'était comme un phare dans la nuit, et l'auberge des naufragés, un point d'ancrage où l'on trouvait à la fois le réconfort d'un verre de vin et la chaleur d'une oreille attentive. Ou l'inverse, après tout, les deux attendrissaient les cœurs les plus endurcis.

Ma vie au *castello* était emplie d'émotions inédites qui provoquaient l'apparition de besoins nouveaux, comme celui de partager mes doutes ou la peur qu'on m'arrache ce que je ne possédais pas encore. Sur ma colline et dans ce village romagnols, je me sentais plus humaine que je ne l'avais jamais été.

Et je n'étais pas sûre d'aimer cette idée.

— Je préfère rentrer.

— Pourquoi tu ne dors pas ici, tant que les travaux ne sont pas terminés ?

— Arrête avec tes histoires de fantôme, il n'y a rien là-haut.

Je plongeai le nez dans mon verre, en me félicitant de la chance qui me gâtait depuis mon arrivée en Italie. J'avais beau râler contre mon voisin grignoteur de terrain, mon mystérieux lecteur et la convoitise affichée des villageois, chaque moment passé à l'auberge ou sur ma colline comblait mon néant. Et déjà, je craignais de perdre ces tout petits riens qui font la vie de tous les jours d'un tas de gens.

17

Je mis près d'une semaine à achever les travaux de déblaiement de la cuisine – reculant d'autant mon déplacement à Paris. Ce fut presque le temps qu'il fallut au cousin d'Amaretto pour réparer le mur d'enceinte… et à Monsieur X pour déposer un message à mon intention à l'auberge.

J'eus beau tenter de le joindre dans la journée, je ne parvins qu'à parler à son assistante. Oui, il suivait mon dossier en personne et s'interrogeait sur mes intentions : souhaitais-je accepter mon héritage ? Avais-je bien lu le décompte des frais ? Irais-je jusqu'à vendre mon appartement ? Et si oui, comptais-je confier la transaction à l'étude ? Cela m'éviterait bien des tracas et des allers-retours, il suffisait que je signe le mandat et que je le renvoie par e-mail ; descendre dans la vallée pour se connecter à Internet serait bien plus aisé que de passer à Paris… *blablabla*.

Quand je rétorquai à la demoiselle qu'il me plairait d'entendre la voix de son maître m'expliquer ces choses auxquelles je ne comprenais rien, elle m'envoya sur les roses – aujourd'hui, il est en signature. Ce soir ? En rendez-vous. Demain, il déjeune en ville, etc. –, si bien qu'elle me donna envie de lui arracher d'abord la langue, et bien sûr les yeux ; pas question que cette pimbêche bavarde lorgne sur le cul rebondi de mon aigle ébouriffé.

S'il était pénible, cet échange me rappelait qu'il y avait bon nombre de décisions à prendre vite, soulevant un tourbillon de questions. Que se passerait-il quand le mandat serait renvoyé, signé en bonne et due forme, mon appartement et mes comptes vidés ?

J'avais passé la majeure partie de ma vie seule, et rêvé de brefs instants que je dénombrais sur les doigts d'une main. Ils étaient aussi fugitifs que des éclairs révélant par à-coups la beauté d'un paysage condamné à l'obscurité éternelle. Et ces petits bonheurs, je les avais enterrés dans le minuscule jardin de mon cœur, sec comme le plus aride des déserts et rempli de pots de cactus, tous très piquants.

Aujourd'hui, plus que jamais, je me sentais seule face à cette décision qui bouleverserait ma vie. J'avais déjà la sensation de me tenir au bord du gouffre, sans autre choix que de me lancer. M'écraserais-je au fond du ravin comme une pauvre flaque de rien du tout ou m'envolerais-je vers les sommets d'une vie nouvelle ?

Monsieur X aurait compris mes doutes, d'ailleurs il m'aurait sûrement dissuadée de me lancer dans cette entreprise ! Et peut-être l'aurais-je écouté. Il y avait dans son attitude et dans son regard un je-ne-sais-quoi qui me poussait à ajouter des aiguilles sur mon cactus personnel chaque fois que je le voyais (et à les arracher la minute suivante).

Mais à présent que j'avais besoin de lui, il m'abandonnait à une assistante lambda dont la seule voix me hérissait.

— Vous êtes-vous décidée ?

Non, j'ignorais encore si j'étais prête à vendre mon appartement, si la banque m'octroierait un prêt pour racheter mon héritage, ou s'il faudrait que je démantèle le domaine pour payer les frais de succession et autres généalogistes. J'ignorais même combien valait l'ensemble immobilier que je m'apprêtais à acquérir !

Pourquoi ces gens avaient-ils passé des années à creuser dans les secrets d'une famille pour me dégotter un ancêtre et un héritage, et, avec cela, une facture longue comme le bras d'un géant ?

Je n'avais rien demandé.

Si, j'avais demandé à Monsieur X, lors de notre premier entretien, l'autorisation de consulter l'arbre généalogique qui l'avait conduit jusqu'à moi, et il m'avait répondu que ces informations ne me seraient transmises qu'une fois la succession réglée. Ce que je trouvais ahurissant ! De quel droit me cachait-on les origines de mon héritage ?

— Alors ? s'impatientait la dinde à l'autre bout du fil. Je vous rappelle qu'il y a des échéances !

L'autruche s'ébroua, agacée.

Moi aussi, j'ai des échéances !

— Dites à l'aigle ébouriffé qui me tient lieu de notaire que je me déciderai après lui avoir parlé en personne !

Et je raccrochai.

18

Après toutes ces années, il m'est encore pénible de parler de Fati au passé, parce qu'elle *était* la vie. Elle vous ravissait d'un regard et gardait votre amitié bien au chaud. On pouvait espérer de ses nouvelles longtemps sans jamais en obtenir, et tout à coup, parce que le destin ou le hasard vous jouait un mauvais tour, elle réapparaissait comme une lueur sur le chemin, bar idéal des soiffards de l'affect, et nous étions nombreux.

Fati, ma Fati, ne pouvait pas mourir. Nos perspectives et nos raisons d'être s'opposaient à cette tragédie. Alors, quand son associé m'a demandé de rappliquer au plus vite, je me suis envolé pour Paris toutes affaires cessantes.

Aujourd'hui encore, je suis incapable de traduire ce que je ressentais. La mort brutale comme un couperet, je ne connaissais pas. Maman s'était éteinte au ralenti, j'avais eu du temps pour accepter le monde sans elle.

Mais là, c'était autre chose…

En arrivant à l'hôpital, je tentai de me convaincre que les médecins s'étaient trompés. Ces choses-là arrivent. Je ne leur en voudrais pas, ou pas longtemps, je ramasserais les affaires de Fati et nous partirions nous descendre une bière au café du coin, ou même d'un autre coin, le nôtre, le plus loin possible de cet hôpital et de sa clique d'incompétents.

Le chagrin est une bête affamée, insatiable.

Derrière la porte du service d'oncologie m'attendait la fin de toutes les belles choses. Ma bonne fée était coiffée d'un foulard léopard. Il restait d'elle son regard, cette acuité dans les yeux, toute son âme concentrée en deux points d'une lueur féroce, d'une vigilance à toute épreuve, comme si elle veillait sur l'Univers. De son visage, la vie s'était déjà retirée. Les os saillaient. Ses mains tremblaient et son corps amaigri était gonflé par l'ascite.

— Des fleurs blanches, pour mon enterrement, j'aimerais bien.

Je n'ai rien répondu. Pas pu sortir un mot. Même pas une bêtise, comme elle aimait que je les enfile.

Il y avait tant de choses que je ne savais pas d'elle, comme le fait que ce cancer du sein qui allait la terrasser était une récidive. Elle ne voulait pas inquiéter les gens, et sans doute avait-elle tenu le coup tout au long de ces années en nous laissant croire qu'elle était un roc. Il pouvait y avoir des tempêtes, Fati était là. Et quand toutes les lumières s'éteignaient, il restait toujours celle de Fati. Il n'y avait qu'à pousser la porte de son agence immobilière pour retrouver un monde rempli de rires et d'espoir.

— Pleure pas, mon lapin. Il reste un peu de temps.

Elle ne m'avait plus appelé ainsi depuis notre première rencontre. Nous savions l'un comme l'autre qu'elle mentait. Il ne restait que cette journée, la dernière. Alors nous avons parlé. Enfin, surtout moi, Fati était si fatiguée. Je lui ai raconté tout ce qui me traversait l'esprit, tout ce qui était susceptible de l'emporter loin de cette chambre d'hôpital, les derniers films que j'avais vus, nos razzias avec le Marquis en Allemagne et au Luxembourg, et puis celle plus récente aux alentours de Grasse.

— C'est beau le Midi, j'y suis allée quand j'étais gosse. Tu sais, après trente ans passés à Paris, j'aspire au calme et au grand air.

Du grand air ? Il n'en manquait pas là-bas, avec des senteurs extraordinaires. Et des couleurs ! Oh, Fati, si tu pouvais voir ces couleurs à l'approche de l'été, quand le sol n'est pas encore desséché et que les plantes explosent de vie !

— Et ta catherinette de l'avenue Junot, ça donne quoi ?

Elle parlait d'Eddie, bien sûr, et je ne me suis pas offusqué du qualificatif. Le cœur de Fati ne contenait pas de méchanceté.

— Toujours catherinette, aux dernières nouvelles.

— J'aurais dû lui parler de toi.

J'ai songé qu'il était étonnant que Fati n'ait jamais tenté de provoquer une rencontre. Ça aurait été dans ses cordes. Mais elle avait préféré respecter mes choix.

— Je serai bientôt prêt.

— Je te crois, mon lapin. Je te crois…

Fati disait souvent que j'étais l'homme le plus romantique qu'elle connaissait, tout en me conseillant de passer à l'action avant d'atteindre l'âge d'utiliser un déambulateur.

— Tu m'excuses, a-t-elle ajouté, je vais dormir un peu. Reste, s'il te plaît. Comme ça, tu veilleras sur mon sommeil. Pour une fois, ce sera toi. Ah oui, il y a une enveloppe sur le meuble. N'oublie pas de la prendre avant de partir.

Je l'ai laissée s'endormir, j'ai veillé sur son sommeil comme elle me l'avait demandé.

Et le silence soudain m'a alerté.

Le léger sifflement de sa respiration avait cessé. J'ai su qu'il allait falloir apprendre à vivre sans ma bonne fée de la rue Marcadet. Depuis mes seize ans, elle était mon phare, celle par qui l'Univers prenait du sens. J'ai su aussi qu'il n'était pas nécessaire d'alerter le service pour la réanimer.

Fati ne l'aurait pas voulu.

Deux heures plus tard, j'étais de retour rue Marcadet, au carrefour où nous nous étions rencontrés. Il faisait un joli temps de mai sur Paris. Mes pas et les souvenirs m'ont porté jusqu'à cette terrasse où j'avais revu mon ange, ce jour où je fuyais l'odieux fils de Noémie.

Eddie était attablée, seule devant un café.

Un jour triste se transformait en un jour charmant. Un jour béni, et je soupçonnai l'esprit de Fati d'y être pour quelque chose.

Je me suis installé à la table voisine et j'ai ouvert l'enveloppe qu'elle avait laissée pour moi, avant de partir pour d'autres rivages.

Une lettre de la main de Fati. Je ne crois pas qu'elle ne m'en ait jamais écrit une. Des mots par centaines, oui, collés sur le réfrigérateur, chez elle ou sur la porte de son agence immobilière.

Mais pas de lettre, non, c'était la première.

Déchirer l'enveloppe m'a arraché un sanglot, lire son contenu a ouvert les vannes. Ma bonne fée s'inquiétait que je ne possède pas de maison, alors que je gagnais beaucoup d'argent. Elle avait l'habitude de dire qu'un toit, c'était plus précieux que n'importe quoi d'autre, qu'il fallait un nid à chacun, un endroit où se réfugier, des racines, et je riais à ses arguments que je qualifiais de « soupe d'agent immobilier ». Si j'avais cherché à m'enrichir, c'était pour ouvrir le champ des possibles, pas pour m'aliéner à une terre et quatre murs, alors que le monde est si vaste.

Pourtant, Fati, sûre d'elle et de savoir ce qui serait bon pour moi, s'échinait à me trouver la « perle rare », mon « *home* », mon refuge, mon nid d'aigle, mon havre ou que sais-je encore. Malgré ses efforts pour me dénicher « la maison de mes rêves », jamais je n'avais accepté de visiter ne serait-ce qu'une seule de ses sélections.

Si bien qu'elle n'avait eu d'autre choix que de me forcer la main, et de la manière la plus élégante et la plus belle qui soit.

En relevant les yeux, j'ai vu à travers mes larmes qu'Eddie me souriait, et je suis tombé amoureux d'elle pour la cinquième fois.

N'était-il pas extraordinaire que le jour le plus triste de ma vie soit aussi le plus rempli de promesses ?

19

Les vastes cuisines de mon *castello* me semblaient l'endroit idéal pour commencer à redonner des couleurs à la maison. Celle de mon enfance était déserte, immaculée, juste prête à réchauffer les plats que des gens casqués livraient à notre porte. Manger était une obligation, jamais une fête. Mes parents et moi mastiquions face à face, eux dans leur bulle, moi dans mon silence.

Ici, l'âtre rayonnait et réchauffait une marmite en fonte où j'avais jeté pêle-mêle des tomates, des aubergines et des gousses d'ail épluchées, avec une branche de romarin et des feuilles de laurier. Et déjà, une délicieuse odeur flottait dans l'air.

Les pots à confiture, les casseroles en cuivre et les poêles avaient retrouvé leur place sur les étagères ou sous le plan de travail, le fil à linge ses poteaux dans la cour, et le banc à dossier, poncé et repeint, était positionné devant la cheminée.

J'avais ajouté sur l'assise de vieux coussins de l'auberge qu'Amaretto m'avait donnés avec du linge de maison, et des torchons multicolores égayaient le mur à côté de la pierre à eau.

C'était prématuré, le gros œuvre ne serait pas achevé avant des mois, voire des années, mais j'avais ressenti le besoin d'aménager ce lieu, comme si ces gestes du quotidien pouvaient contrarier le sort en ma faveur et aligner les planètes pour me satisfaire.

Oui, mon vœu le plus cher était que se produise un miracle qui me permettrait à la fois de garder mon héritage et de restaurer le *castello* sans vendre un seul hectare du domaine.

Tout juste concéderais-je la location des terres arables et des vergers aux paysans. Pour ce qui concernait l'olivaie, je mettrais un point d'honneur à presser moi-même une huile encore plus délicieuse que celle de mon voisin Alvaro, le grignoteur de terrain.

Grâce à la nouvelle route et à la camionnette achetée à *Semi di finocchio*, j'avais pu monter du bois de chauffage à la ferme et garnir les porte-bûches en métal positionnés de chaque côté du manteau.

Le jeune homme (qui me confia s'amuser du surnom dont je l'affublais) m'avait aussi aidée à ramoner le conduit, dont nous étions ressortis tous les deux noirs de suie, et à déblayer la cave afin que je puisse y entreposer mes conserves pour l'hiver.

Il ne manquait que les convives, les rires d'enfants, un peu de musique et on se serait cru dans un film de Fellini. J'eus le bref regret de devoir dîner seule dans cette si grande cuisine, puis il suffit que je me questionne sur les gens que j'aurais aimé y trouver à mes côtés pour que l'histoire soit réglée.

En dehors d'Amaretto, qui refusait de mettre un orteil au *castello*, de Giuseppe et Philomène, bien

bien bien trop loin pour me rejoindre, il n'y avait personne pour occuper mon vide.

Ce vide que j'avais appelé de mes vœux chaque jour de ces vingt dernières années et qu'aujourd'hui je rêvais de combler avec une maison remplie de bruits et de gens.

Que m'arrivait-il ?

Avais-je été ensorcelée, comme le prétendaient les villageois, ou étais-je vraiment en train de perdre la boule, toute seule, en haut de ma colline, à parler aux murs et aux fantômes ? Folle ou pas, je n'avais plus qu'à boire un bon lambrusco pour oublier que je n'étais pas dans un conte de fées, de ceux qui me font habituellement fuir à toutes jambes, et à faire la...

Liste des choses indispensables à une vie plus agréable :

Constituer une cave de grands vins pour moi et de piquette pour les invités

Songer à acheter une radio, ou quelque chose dans le genre

Une télé ?

Non, pas question !

Un piano à queue

Mais comment je vais le faire monter jusqu'ici ?

Et un ténor ! Tu aimerais ça, tonton, un ténor ?

Les sous-sols du *castello* étaient assez vastes pour y accueillir un orchestre, ou un cinéma privé où je pourrais visionner tous les films que j'avais aimés, ceux que je n'avais pas vus et ceux qu'on tournerait.

Je me réjouissais de revoir *Théorème*, de Pasolini, un ou deux films d'Iñárritu et de Cronenberg, de

Mizoguchi, de Mankiewicz, *Le Parrain* de Coppola et *Les Visiteurs* aussi, pour me marrer en croquant des tomates cerises… puis regarder le soleil se coucher depuis la terrasse de mon domaine… sentir le parfum des fleurs et le vent sur ma peau quand je jardine… et ne plus jamais descendre de ma colline, sauf pour profiter du sang chaud des Italiens, histoire de ne pas virer chèvre ou me rabougrir trop vite.

Et tant mieux si Monsieur X daignait me rendre visite un de ces jours. Il pourrait, avec un peu de chance, me trouver belle et con à la fois !

Niveau 4

L'accident avec des conséquences locales provoque un rejet mineur de substances radioactives, mais une exposition importante du public n'est pas exclue.

20

J'avais beau m'y préparer depuis deux jours, je n'arrivais pas à réaliser que moi, sauvageonne d'entre les sauvages, j'étais en train de m'enivrer au marsala et de dévorer des poivrons grillés et des cœurs d'artichaut frais avec Amaretto et Alvaro Franchini, les pieds plongés dans l'eau de la piscine en marbre vert, alors que, dans mon *castello*, d'autres transportaient des pierres, remontaient des murs, ramassaient les légumes et les fruits et labouraient la terre à ma place, tout cela dans l'esprit ancestral du troc et de la récolte partagée.

« Je me lasse de boire tout seul alors que j'ai une aussi charmante voisine ! m'avait-il dit. Et je sais que vous vous ennuyez aussi. Non, ne dites pas le contraire ! Écoutez, je vous invite à prendre les *antipasti* au bord de la piscine ce dimanche. Il me semble qu'entre voisins c'est de coutume, non ? Amenez qui vous voudrez. Plus on est de fous, plus on rit ! »

J'avais imaginé débarquer avec *Semi di finocchio* et ses cousins aussi costauds qu'Hercule pour lui démontrer par A + B que non, je n'étais pas aussi seule qu'il le prétendait – et pourquoi pas organiser une perquisition en règle de sa maison ? –, puis je m'étais ravisée, pensant qu'il serait bien plus amusant de lui présenter Amaretto et de profiter d'un moment où elle saurait accaparer son attention pour faire moi-même un petit tour à l'intérieur.

Malgré ses belles paroles et l'apparente tranquillité qui régnait sur le *castello* depuis quelques jours (peut-être étais-je si éreintée par mes journées de bricolage que je n'entendais plus le fantôme marcher), l'idée que cet homme n'était pas tout à fait honnête ne me quittait pas. Il était trop sûr de lui, trop enjôleur et bien trop malin pour venir s'enterrer ici sans une bonne raison.

Alvaro Franchini avait parcouru le monde ; et qui d'autre qu'une casanière accomplie comme moi pouvait le prétendre ? Il était mon exact opposé, et son discours bourré d'anecdotes sentait le vécu.

Amaretto et moi l'écoutions nous parler de la région depuis une heure déjà, captivées par cet hôte incomparable. Pourtant, à bien l'observer, j'avais l'impression qu'il cochait les cases d'un programme qui aurait pu s'intituler « plaire à la *Castellana* » :

1. les compliments sur le travail accompli au château – c'est ainsi qu'il nommait mon *castello* > OK

2. me proposer de l'aide pour approcher des entrepreneurs de la région et des conseils pour négocier les devis > OK

3. me louer le pressoir et de la main-d'œuvre qualifiée à bas prix (un non-sens !) pour que je fabrique ma propre huile > OK

4. me raconter la magnifique histoire de ma propriété, m'assurer qu'en aucun cas il ne voulait la racheter > OK

5. draguer ma seule amie – ai-je vraiment écrit cela ? Et peu importe si le terme « amie » n'est pas approprié > OK

Restait à déterminer ses véritables motivations, ce que j'avais du mal à faire en l'écoutant. Entre deux marsalas, Alvaro nous avait conté l'histoire romaine de la colline où nous nous trouvions, depuis ses origines au Ve siècle avant notre ère, parlé de catacombes dont les entrées auraient été ensevelies, de rites païens pratiqués ici durant l'Inquisition romaine, et remontait tranquillement le temps, parvenant ainsi à la fin de la Seconde Guerre mondiale, avec le récit des partisans qui s'étaient cachés des fascistes dans les tunnels enfouis sous nos propriétés. Là, nous spéculâmes brièvement sur la présence d'un trésor, puis il nous interrompit pour entonner *Bella Ciao*, aussitôt rejoint par Amaretto…

Mi son alzato
O bella ciao, bella ciao, bella ciao, ciao, ciao !

Les voir s'égosiller gaiement ensemble me donna l'impression d'être ailleurs, en d'autres temps et d'autres lieux. Je ressentis d'abord une joie immense de partager ce joli moment, comme s'ils avaient été mes parents, puis quand la réalité me rattrapa, je fus secouée par une douleur si brutale qu'elle me plia en deux.

Alors que je m'enfuyais discrètement vers la maison, prise de nausées, Amaretto émit un rire en cascade, la tête voluptueusement penchée vers Alvaro qui posa une main sur son bras. Jamais je ne l'avais vue aussi gaie, et son bonheur me ficha un nouveau coup au cœur quand je compris que, bientôt, je la perdrais elle aussi.

La voix enjouée d'Alvaro m'informant que la salle de bains était à droite au fond du couloir m'acheva. Je m'y précipitai pour vomir *antipasti* et marsala, mêlés au chagrin, à la colère, à la jalousie, à la frustration, et tous ces vilains sentiments qui tordaient mon estomac bien plus que l'alcool et malmenaient mon ego d'autruche solitaire.

Ah, elle était fière la *Castellana*, avec ses joues pleines de vomi et ses sanglots de gamine qui manquaient l'étouffer !

T'es mieux là-haut, dans ton repaire, plutôt qu'à faire semblant d'aimer les gens.

Tu crois, tonton ?

Oui, nettoie-moi tout ça et rentre. Tu ne manqueras à personne.

De discrets coups frappés à la porte et une voix inquiète me firent sursauter, alors que je m'essuyais le visage et les mains. Si ses intonations me semblèrent familières, je ne la reconnus pas.

— Tout va bien ? Mademoiselle ?

— Qui êtes-vous ? demandai-je.

Pas question que je me montre dans cet état à un inconnu qui chuchote derrière la porte.

— L'inconnu derrière la porte, et vous ?

La surprise passée – l'homme lisait-il dans les pensées ? –, je répondis :

— Je ne parle pas aux inconnus.

— Vous êtes sûre ?

J'eus l'étrange sensation de remonter dans le temps, à des années de ce jour, dans un endroit perdu au fond de ma mémoire, et j'eus à nouveau envie de pleurer.

— Mademoiselle ?

— Fichez-moi la paix, murmurai-je.

Et je me laissai glisser le long du mur. Dehors, le soleil resplendissait et je n'avais qu'une envie, me cacher dans le noir.

— Je peux vous aider ?

— Je n'ai pas besoin d'aide.

— Comme vous voudrez.

Un long silence s'installa entre nous.

J'attendis qu'il parte, mais il ne partait pas, j'entendais sa respiration.

— Pourquoi vous restez ?

— Je n'aime pas vous savoir triste.

— Je ne suis pas triste. Je suis seule.

Aux bruits, je devinai que l'inconnu, de l'autre côté de la porte, se laissait glisser à terre tout comme je l'avais fait un peu plus tôt.

— Vous voulez parler ?

— Oui.

— De quoi avez-vous envie qu'on parle ?

— De vous, répondis-je.

— Que voulez-vous savoir ?

— Vous n'êtes pas d'ici. Je l'entends à votre accent. D'où êtes-vous ?

— De partout.

— Ce n'est pas une réponse.

— C'est la vérité.

— Alors dites-moi ce que veut dire « je suis de partout ».

— Je n'ai pas d'attaches. Comme un navire sans port. Un homme sans maison. Et vous ?

— On a dit qu'on parlait de vous.

— Vous l'avez décidé.

— Oui.

— Vous aimez décider ?

— Je déteste subir.

— Vous préférez combattre ? Ou peut-être fuir…

— Ouvrez la porte et vous le verrez ! le provoquai-je.

— Je ne peux pas, vous l'avez verrouillée pour être seule.

— C'est vrai.

— Vous voyez, on finit par parler de vous.

— Vous êtes agaçant.

— Non, je préfère parler de vous.

— Il n'y a rien à en dire.

— Il n'y a rien à en dire ou vous ne voulez rien dire ?

— Même si je pouvais vous raconter l'histoire de ma vie, je ne le ferais pas.

— Pourquoi ne le pouvez-vous pas ?

— Je ne me confie pas aux inconnus.

La voix se mit à rire.

— Vraiment ?

— Vraiment.

— Ne vous défilez pas, ce n'est pas votre genre.

— Qu'en savez-vous ?

— Dites-moi que j'ai tort.

— Je ne peux pas vous parler de moi, avouai-je, parce que je ne sais rien de moi.

— Voulez-vous que je vous parle de vous ?
— Si cela vous chante.
— Vous aimez lire, affirma la voix après un silence.
— J'aime lire.
— Dites-moi ce que vous lisez, je vous dirai qui vous êtes.
— Comme vous êtes présomptueux !
— Testez-moi.
— J'aime San Antonio et Bertolt Brecht, Pérez-Reverte, Roszak, Pasolini, Dumas, Jules Verne…
— *Le Petit Prince* ?
— Ça dépend des jours. Et vous ?
— J'aimais *Le Petit Prince* quand ma mère me le racontait. Plus tard, je lui ai préféré Maurice Leblanc, Théophile Gautier, mais j'aime aussi Jules Verne, comme vous, et Alexandre Dumas…
— Et Mark Twain, l'interrompis-je, Jack London, Robert Vergnes…
— Comment le savez-vous ?
Parce que vous oubliez vos livres dans mon pigeonnier.
— Dites-moi ce que vous lisez, grinçai-je à la place, je vous dirai qui vous êtes.
— Touché.
— Alors, qui suis-je ?
— Un cœur perdu.
— Facile, je suis seule, en train d'essayer de pleurer sur moi, enfermée dans la salle de bains d'un homme que je ne connais pas.
— Vous êtes une bâtisseuse.
— Vous voulez dire une dingue qui tente de faire passer un chameau dans un trou d'aiguille.

— Une autruche.

— Comment vous savez ça ?

— Peut-être ne suis-je pas seulement l'inconnu derrière la porte ?

— Alors qui êtes-vous ?

— Cherchez, vous savez qui je suis.

— Le fils d'Alvaro ?

— Vous le connaissez ?

— Vous répondez à ma question par une question.

— Et vous ne répondez pas.

— Non, je ne connais pas le fils d'Alvaro. Et vous ?

— On peut dire ça, oui.

— Que vous êtes le fils d'Alvaro, ou que vous le connaissez ?

— Devinez.

— Peu importe, en réalité. Vous êtes le fantôme qui vient lire au *castello*.

— Vous croyez aux fantômes ?

— Et vous ?

— Je crois au destin, à la providence et à la chance. Mais pas aux fantômes. À votre tour de répondre.

— J'aimerais croire aux fantômes. Mais vous êtes la preuve du contraire.

— Pourquoi ?

— Vous avez oublié vos romans dans mon pigeonnier.

— Peut-être est-ce le destin ?

— S'il y a un destin, alors il me hait.

— N'est-ce pas plutôt le contraire ?

— Vous essayez de noyer le poisson avec vos questions. Répondez, vous me devez bien ça. C'est vous qui entrez chez moi la nuit ?

— Si je vous réponds, vous n'aurez pas peur ?

— Non, je n'aurai pas peur.

Mon cœur battait à tout rompre et cognait si fort contre mes tempes que je craignais de ne pas entendre la réponse de mon interlocuteur. Je collai mon oreille contre le vantail.

— Vous êtes toujours là ? demandai-je. Hello ?

Silence... Puis la poignée tourna plusieurs fois.

— *Castellana*, tout va bien ?

En entendant la voix d'Amaretto, je déverrouillai vivement la porte.

— Il est où ?

— Qui ?

— L'homme avec qui je discutais, juste avant que tu arrives !

— Il n'y a pas d'homme ici !

— C'est pas vrai !

— Je te dis qu'il n'y a personne ! Je l'aurais vu !

Je bousculai Amaretto sans ménagement et m'élançai dans le couloir, ouvrant chaque porte, visitant chaque pièce, au rez-de-chaussée puis à l'étage, sans oublier de fouiller les placards et de regarder sous les lits.

Et bientôt, je dus me rendre à l'évidence.

Personne d'autre qu'Alvaro Franchini n'habitait cette maison.

21

L'édifice que m'avait légué Fati – difficile de parler de maison, de « *home* » ou de perle rare – ressemblait à un château fort. Certaines de ses fondations, prises dans la falaise, semblaient avoir plus de mille ans, et, du sommet de la colline où il était érigé, on avait vue sur une vallée verdoyante, piquée de petits bourgs et de milliers de parcelles de vigne, d'oliviers et de plantes vivrières.

Il se dégageait de ce lieu une saisissante atmosphère de calme absolu, de puissance passée, et surtout de paix. J'avais l'impression d'être aux côtés de ma mère, au Louvre, devant une de ces toiles d'Hubert Robert représentant des ruines antiques. Je pouvais presque sentir sa main dans la mienne et entendre sa voix. Il y avait aussi un peu de ma fée de la rue Marcadet sur le chemin qui sinuait depuis la grille, dans tous ces oliviers au tronc dur et noueux qui couvraient les coteaux sous l'atelier perché du maître chausseur, et dans le pigeonnier où je me suis imaginé en train de relire les classiques qui avaient enchanté mon enfance.

Revenir en arrière, être un gamin comme dans *Deux Ans de vacances*, naufragé sur cette île de verdure et de beauté, rencontrer Eddie pour de bon et, peut-être, apprendre à nous connaître.

— C'est une bonne idée, a apprécié le Marquis, avec qui je partageais mes pensées. Tu parles l'italien ?

De mon expérience de petit voleur sur la butte Montmartre, je ne conservais que des bribes de cette langue, faites pour insulter les couillons et courtiser les filles.

— *Sto molto bene !* ai-je répondu au hasard.

Il a souri.

— Alors grouille, parce qu'on sera bien ici, le Petit. C'est la planque parfaite pour de jeunes retraités comme nous !

Au cours de nos six années de « collaboration », nous avions fait fortune. Il était temps de nous retirer des affaires ; et apparemment, les lieux l'inspiraient.

— Tu vois, a-t-il dit après un long silence, ma première femme aurait choisi de vivre dans le château. Mais la deuxième aurait préféré celle-ci.

Mon vieux complice a désigné la propriété voisine de mon héritage, une ancienne bâtisse nichée au pied des contreforts, et dont les volets décrépits, clos depuis longtemps, étaient recouverts de glycine.

— Et la troisième aurait acheté la colline tout entière ! Conclusion, il est beau, ton château en ruine, il est même sacrément beau, mais tu ne seras pas maître chez toi tant que tu n'auras pas acheté l'autre propriété. Si tu possèdes les deux, tu possèdes la colline, et là, tu pourras commencer à jouer les cadors. *The king of the hill*, le Petit, rien que ça, *the king of the hill* !

— T'aurais pas un peu la folie des grandeurs ? ai-je ronchonné, peu convaincu par ses idées d'acheter le monde entier.

— Puisque tu ne connais rien aux femmes, laisse-moi te donner ce conseil : d'après ce que tu m'en as dit, ton Eddie m'a tout l'air de s'être retranchée derrière une sacrée carapace, dans le genre « personne ne me fera plus jamais de mal ». Tu dois la cueillir avec délicatesse, lui permettre de réapprendre le bonheur des choses simples, celui que tous les mômes savourent sans y penser et qu'elle a oublié. Aimer, parce que c'est ce qu'il y a de meilleur, ne plus cacher sa misère et sa peur derrière ce cynisme qui rend les gens gris. Tu vois de quoi je parle ?

Pour être honnête, je doutais de la réussite de ces projets. Mais lui, de son côté, fixait déjà le prix à ne pas dépasser pour acquérir la propriété voisine, parlait de restauration, établissait la liste des artisans qu'il faudrait faire venir de France, des compagnons, des maîtres ouvriers.

— Je ne te parle pas de séduire ta petite Parisienne avec des moyens de va-nu-pieds. Non, je te parle de partir à l'assaut de ta belle comme un capitaine de navire à la conquête du Nouveau Monde. Mieux, comme un mercenaire sans foi ni loi pour qui tous les moyens seront bons ! *Capisce ?*

Je hochai la tête. Après tout, je voulais le meilleur pour elle.

— Bien ! Je me charge des travaux, et toi, tu réfléchis à la manière d'attirer ton Eddie en Italie ! Et pas question de foirer l'aventure, le Petit, parce que tu aurais l'air de quoi, tout seul sur ta colline ?

— Mais, Marquis, ai-je protesté, je ne…

— Allez, maintenant qu'on est retraités tous les deux, tu peux m'appeler par mon prénom…

J'attendis la suite avec curiosité, scrutant l'expression rieuse qui étoilait son regard de vieux roublard.

— Je m'appelle Alvaro Franchini, mais pour le business il valait mieux un marquis de Picard, ça en impose plus, tu ne trouves pas ?

22

Comme souvent à la mi-journée, mes pas me portèrent vers le salon du corps principal, jusqu'au fauteuil de Giuseppe où je m'enfonçai, emmitouflée dans le gilet de Philomène, pour grignoter quelques tomates à l'ail et à la sauge et boire un lambrusco dans un de ses verres à lui. J'avais commencé à desceller les tomettes de la cuisine pour faire ragréer le sol et, après six heures passées à quatre pattes ou accroupie à gratter les joints et à empiler le carrelage, j'étais éreintée.

Depuis l'étrange épisode de l'inconnu derrière la porte de la salle de bains d'Alvaro, je n'étais pas redescendue à l'auberge, signifiant ainsi à Amaretto que je ne lui pardonnais qu'à moitié d'avoir frayé avec l'ennemi.

Pour sa part, celle-ci n'avait pas osé pointer le bout de son nez au *castello*, bien trop effrayée par ce qu'elle risquait d'y croiser. Moi, je profitais de la solitude et travaillais d'arrache-pied, ne m'arrêtant que pour partager un instant avec mes défunts ancêtres, puisque je ne m'accordais pas avec les vivants.

J'aimais leur parler, imaginer qu'ils pouvaient m'entendre et me figurer leur vie, ici, au *castello*. Tonton fumait-il la pipe en lisant son journal, aimait-il les biscuits au chocolat ou l'acidité d'un vieux morceau de *parmigiano reggiano* ? Portait-il des bretelles, jardinait-il aux côtés de Philomène ou préférait-il l'observer depuis les fenêtres de la cuisine ?

Tant de questions anodines, de petits riens qui me resteraient à jamais inaccessibles, pourtant, je me plaisais à imaginer que, dans mes goûts et mes habitudes, il y avait aussi un peu de lui…

En sortant la tête du sable lors de cet échange inattendu avec l'inconnu derrière la porte, je m'étais aperçue que j'avais usé les quinze dernières années de ma vie à nier les vingt premières. En dehors de deux ou trois souvenirs fixés sur les rares photographies que j'avais en ma possession – la plupart avaient été emportées avec les affaires de mes parents –, je n'étais qu'un abîme, que ma drôle de vie de recluse entre les murs de mon *castello* remplissait.

Chaque soir, en venant me recueillir ici, dans ce salon débordant de la mémoire de mes ancêtres, j'aspirais à m'accaparer leur bonheur, prête à tout pour combler mon tonneau des Danaïdes, faute d'être capable de m'en affranchir.

J'imaginais que je les rencontrais. Souvent, je me surprenais à leur parler de la journée écoulée, de mes projets pour la maison. Il m'arrivait aussi de m'enquérir de leur avis sur mes choix, et si aucun signe ne me parvenait, comme un rayon de soleil sur mon téléphone, un poinçon ou un tire-bouchon bien opportun, j'estimais que mes propositions leur agréaient.

Si j'avais dû évoquer mon enfance, lors de nos échanges particuliers, j'en aurais été incapable. Il ne subsistait de cette période qu'un fragment de film super-huit, une petite fille de trois ou quatre ans, courant sur un chemin forestier, avec un bouton-d'or à la main. Pourquoi celui-ci, je l'ignore, et parfois j'en viens à me dire qu'il ne s'agit peut-être même pas de moi, mais d'une autre môme dont je me serais accaparé les souvenirs.

Et si rien en moi n'était réel ?

Perturbée par ces pensées, je bondis de mon fauteuil et m'approchai du tain piqué et biseauté de la psyché. Je levai mon verre en m'examinant, le visage déformé par des grimaces censées me confirmer que je n'étais pas un trou noir, mais une personne.

Une vraie personne dont on pouvait observer le reflet.

— Eddie Giangrandi.

Tonton, je peux m'appeler Giangrandi ? Tu n'y vois pas d'objection ?

Aucune.

Et Philomène ? Elle sera d'accord, tu crois ?

Philomène et moi, c'est pareil.

— Eddie Giangrandi, es-tu réelle ?

J'approchai mon nez du miroir et le collai dessus.

Ôte ta cape d'invisibilité, vire tes plumes d'autruche et regarde-toi !

Je ne vois rien.

Concentre-toi !

C'est moi ?

Oui, tu es réelle, et tu as le bout du nez glacé !

En arrière-plan, l'image floue du canapé club m'apparut.

Installée contre l'accoudoir, une femme vêtue d'une robe bariolée semblait coudre, penchée sur son ouvrage. Un chat dormait sur ses genoux.

Je poussai un cri en me retournant, tant la vision m'effraya.

Bien entendu, il n'y avait rien dans la pièce, mon imagination me jouait des tours.

Ou plutôt la fatigue et le lambrusco à l'apéro !

T'es d'un drôle !

Je scrutai les lieux quelques secondes encore et me tournai à nouveau vers le miroir, persuadée que la vision aurait disparu. Mais le tain piqué et facétieux s'entêtait à me montrer cette femme aux cheveux d'un noir de jais, immobile, comme suspendue dans le temps. Derrière elle, je reconnus les murs du salon où je me trouvais. Ils étaient d'une couleur plus vive, le canapé semblait flambant neuf et le tilleul devant la fenêtre inondée de lumière moins imposant qu'aujourd'hui.

Je soupirai de soulagement.

C'est un miroir-peinture, il y a forcément un truc.

Mais je n'en fus plus du tout certaine quand la femme releva les yeux vers moi et me sourit.

PARTIE II

23

Philomène Giangrandi est si belle que ni les peintres ni les photographes ne sont jamais parvenus à capter sa beauté. Seul son mari Giuseppe sait la regarder, voir à travers sa peau, ses os et ses chairs, pour admirer ce qu'elle a de plus remarquable. Il a coutume de dire que ce ne sont pas ses traits, pourtant harmonieux, qui la rendent si belle, mais ce que ses yeux racontent lorsqu'ils se posent sur vous.

Les gens qui le traitent de vieux fou prétendent qu'il est tombé sous le charme de cette sorcière brune comme la nuit venue de la ville pour pervertir les hommes. Ils disent aussi qu'elle est capable de lire sur vos paumes comme dans un livre et de prédire le futur dans le marc de café. Ces croyances sont si ancrées dans les esprits que même les clients venus de loin pour être chaussés par le grand GiuGi de Parme refusent le *ristretto* que leur offre leur hôtesse, de peur qu'elle voie l'indicible au fond de leur tasse et le leur révèle…

Pourtant, Philomène n'est ni une sorcière ni une diseuse de bonne aventure, simplement elle a foi en ce qu'elle nomme la survivance de l'esprit. La mort n'est pour elle qu'une ponctuation dans la longue phrase de l'existence humaine, à peine un point-virgule, une pause avant de passer à autre chose, ailleurs, pour tout recommencer ou pas et peu importe, car la mort est tout sauf… la fin de tout.

Alors, quand elle croise un esprit dans les rues de la ville où elle a grandi, dans les églises, les marchés, les cimetières, les échoppes de Parme, sur les sentiers de sa colline ou dans les souterrains de sa demeure, elle s'arrête pour converser avec lui. Nul ne sait ce qu'ils se disent, pas plus Giuseppe qu'un autre. Parfois, il la surprend en train de parler au tilleul à la manière des Italiennes, avec des arabesques de la main ; elle argumente, débat, rit et pleure aussi.

Puis elle poursuit sa route, comme si de rien n'était.

Contrairement à ce que prétendent les commères, Philomène se moque des religions et de « tout leur tralala » ; elle invoque sans distinction sainte Rita, la Lune et les déesses de l'eau et de l'air ; elle parle aux fantômes et à tout ce qui existe : les murs, les plantes, le ciel et ses étoiles, les cailloux, l'eau vive d'un ruisseau, les feuilles qui tombent des arbres en tourbillonnant ; elle parle à la vie grouillante des campagnes et à celle qui se fane avec l'automne et devient l'humus dans lequel croissent des bourgeons nouveaux.

Elle parle aux quatre vents, aux doux comme aux mauvais, aux flocons de neige et au bois sec qu'elle jette au feu l'hiver, au lapin avant de l'assommer et de le dépecer pour le cuire. Elle parle aux gens, parfois, quand ils osent lever les yeux vers elle. Enfin, elle s'adresse à Giuseppe, par la fenêtre, lorsqu'il travaille dans son atelier, elle lui parle aussi depuis les cuisines, alors qu'il boit un café à l'auberge du village. Il ignore comment et pourquoi, mais il l'entend.

Les pensées de Philomène (et son besoin de les exprimer) sont si intarissables qu'il lui arrive de discuter avec les étoffes qu'elle rapièce dans sa salle de couture. Ces petites et ces grandes choses lui répondent, et, grâce à elles, Philomène sait tout, sur tout et tous, depuis toujours.

Ainsi, elle a découvert, alors qu'elle n'était qu'une enfant, qu'elle était destinée à un homme dénommé Giuseppe, que pour le trouver elle devrait se fiancer à un autre, organiser son mariage, commander des chaussures en organza sur mesure, pour qu'enfin son pied rencontre la main du maître chausseur. Oui, toutes les choses de la vie lui ont soufflé qu'ils s'aimeraient au premier regard et qu'elle s'enfuirait avec sa petite valise, pour arriver au pied de cette colline d'Émilie-Romagne, à côté d'un réverbère, et que c'est ici que sa nouvelle vie débuterait.

Giuseppe, lui, ne croit ni aux esprits ni à la survivance de l'âme, mais il croit aux pierres, au cuir, aux clous, aux outils, aux quatre saisons, au bon goût du café et au chant de ses oiseaux particuliers. Il s'ancre dans le feu et la terre, comme Philomène dans l'air et dans l'eau, et chacun respecte l'appétence de l'autre, et ensemble, ils forment un tout.

Philomène et Giuseppe ne parlent jamais de l'Amour, même si l'un comme l'autre ont eu la chance de le rencontrer en personne.

Philomène le trouve plutôt joli garçon.

Giuseppe, lui, a coutume de dire qu'il n'est jamais là où on l'attend.

Et quand il dit cela, Philomène rit.

24

Je ne crois pas aux fantômes, même si l'existence d'une vie après la mort rassurerait n'importe qui, moi la première. Je pourrais ainsi exiger de mes parents qu'ils m'expliquent pourquoi ils ont décidé de m'infliger tant de souffrance.

Ne vous étonnez pas que je n'embrasse pas les hommes avec lesquels je passe une nuit, au hasard de mes chasses nocturnes, ou que je m'enfuie sitôt l'acte consommé. Aucune de mes conquêtes passées ne m'a assez *conquise* pour que je lui offre ce que s'offrent ceux qui s'aiment. La jouissance brute me comble autant que les jeux de séduction indispensables à la réunion de deux corps, mais sans plus. J'aurais pu être asexuelle, dans un monde où l'on ne se parle plus. Ce n'est que le désir d'être vue qui me chasse de ma tanière. On ne peut pas se contenter d'être transparent toute sa vie sans perdre la raison ; l'esprit frappé de solitude est un gouffre, prêt à n'importe quelle bassesse.

Même à vous jouer des tours avec la complicité d'un miroir ancien.

Cette femme qui me souriait dans la psyché était Philomène, du moins le déduisis-je, puisqu'elle portait le même gilet que moi. Puis Giuseppe entra *dans le champ*, et je devinai que ce sourire lui était adressé.

À qui d'autre ?

Waouh… Je perds vraiment la tête.

Ou pas.

Mon tonton était si beau, avec ses favoris et ses longs cheveux blancs…

Merci, Eddie. Tu n'es pas mal non plus !

C'était une émotion brutale et jubilatoire de le voir « en vrai », aussi remuant et agile que je l'avais imaginé. Mais le plus remarquable était la façon dont lui et sa femme se dévoraient des yeux. C'était d'une puissance aussi surnaturelle que ces images venues d'un autre temps.

Philomène se leva, ils s'étreignirent, et l'émotion serra ma gorge.

Quand ils s'approchèrent, je me pétrifiai dans l'attente d'un contact avec ce que j'étais incapable de nommer.

Dans le miroir, Philomène se tenait à ma place, et Giuseppe quelques pas derrière elle. Elle le regardait, il la regardait, je me regardais à travers eux, et j'en fus bouleversée.

Un léger sourire traînait sur les lèvres de Philomène quand Giuseppe souleva ses cheveux pour l'embrasser dans le cou. C'est alors que je remarquai son pendentif, une chaînette portant un minuscule sabot noir qu'elle caressait du bout des doigts.

Inconsciemment, je reproduisis le même geste, et fis le vœu d'être moi aussi, un jour, contemplée avec cet amour-là. À peine avais-je formulé ce souhait que l'écho de la douleur de Giuseppe à la mort de Philomène me traversa tout entière.

Frappée par une souffrance qui semblait survivre, intacte, aux années, je reniai mes paroles avec violence.

— Non, je ne veux pas qu'on m'aime ! Jamais !

Je m'aperçus alors que le reflet ne renvoyait plus que ce qui se trouvait derrière moi : un salon défraîchi par les années, des murs pâles et lézardés et un tilleul si grand qu'il mangeait la lumière devant la fenêtre.

Povera pazza me convenait mieux que la *Castellana*, à présent qu'en plus de converser avec mes défunts ancêtres je les voyais dans la psyché. Il ne manquait plus qu'un chat fantôme aux yeux jaunes comme ceux d'un loup, et j'étais bonne pour l'asile.

Ne m'avait-on pas avertie qu'il y avait *pericolo di morte* à grimper au sommet de la colline puisque le *castello* était *infestato* ?

Liste des choses indispensables quand on habite avec des fantômes :

Acheter un aspirateur à esprit, comme dans Ghostbusters
De l'encens et des plumes d'oiseau
Convoquer un exorciste
Dessiner des pentacles à la craie
Et pourquoi chasser les Giangrandi de chez eux ?
C'est ta maison aussi, si tu le veux

Les yeux rivés sur le carnet que je noircissais de mes listes, je restai immobile un moment.

C'est ta maison aussi, si tu le veux.

Pourquoi hésitais-je encore à bazarder une vie sans relief ? De quoi avais-je peur, moi, Eddie sans peur ? Sans âme ? Sans rien ?

Je m'étais examinée dans la psyché, et plus que le fantôme de mes ancêtres – fruit de mon imagination –, j'y avais vu une jeune femme dont le teint grisé par la vie parisienne s'était éclairci et dont les yeux rayonnaient malgré la fatigue. Et je l'aimais bien, cette jeune femme, je n'avais pas envie de lui infliger une vie cul par-dessus tête et tête dans le sable. Et si son bonheur était de parler avec des pierres et des fantômes et de vivre au grand air dans les courants d'air, alors pourquoi l'en empêcherais-je ? Je lui avais assez infligé ma monotone routine, je l'avais assez dénigrée. N'avait-elle pas aussi droit à un peu de bonheur ?

— Tonton Giuseppe ?

Je levai le nez et fis quelques pas dans le salon.

— C'est moi, Eddie, ta petite-petite-petite-nièce que tu ne connais pas. Je voulais t'annoncer que je vais accepter ton héritage, tu m'entends ? Si tu savais tout ce que j'imagine entreprendre ! Tu me vois, tu vois tout… Comme tu le sais, j'ai commencé dans l'atelier et les cuisines…

J'ignore combien de temps je parlai ainsi au plafond, aux murs et à la psyché, mais le temps passa, il passa. Et ni Giuseppe ni Philomène ne réapparurent sur le tain.

Évidemment.

Les fantômes n'existent pas.

Les reflets ne sourient pas non plus.

— Et si à défaut de trésor, achevai-je dans le silence de la grande demeure, tu pouvais convaincre Monsieur X de me rappeler, ce serait chouette !

Remontée à bloc, je retournai dans les cuisines où je trouvai ma délicieuse ratatouille brûlée, et le feu éteint.

Peu m'importait, ma décision était prise.

Enfin.

Arrivederci a Parigi ! E ciao Italia !

25

Amaretto descendait le volet de la vitrine à tours grinçants de manivelle quand je débarquai à l'auberge, en clamant comme une môme de dix ans que j'avais le ventre vide. Elle ne m'attendait pas et n'avait plus rien sur le feu, en dehors d'un reste de *piccata* de veau au citron qu'elle réservait à Alvaro Franchini, qui (m'expliqua-t-elle) dînait ici chaque soir depuis leur rencontre.

— Tu veux que j'en prenne un peu sur sa part ? me proposa-t-elle. J'ajouterai de la salade à son plat, il n'y verra que du feu.

J'étais bien trop affamée pour pinailler. Et pas mécontente à l'idée de chiper une portion du dîner de mon voisin grignoteur d'Amaretto… N'avais-je pas moi-même conduit l'agneau dans la gueule du loup ?

L'agneau ? Tu parles d'un agneau !

La salle était déserte à cette heure, et, comme à l'accoutumée, je m'installai au comptoir. Je ne trouvais rien de plus triste que de manger seule à table, sauf quand je pique-niquais dans mon *castello*, ou dans le jardin, au milieu des arbres, des fleurs et des oiseaux.

— Tu as l'air toute chamboulée, ma *Castellana*, remarqua Amaretto en me servant un verre de sangiovese. Tu es fâchée que je fréquente Alvaro ?

Je me contentai de hausser les épaules. Non, je n'étais pas fâchée, et je me fichais de son Alvaro. Je venais de bazarder vingt ans de mon ancienne vie en quelques coups de fil à Paris…

1. j'avais chargé la concierge de l'immeuble où j'habitais d'encartonner mes livres anciens pour me les faire expédier ici, et de garder mes meubles et le reste de mes affaires en guise de défraiement ;

2. j'avais confié la vente de mon appartement à une agence immobilière de la rue Marcadet – je recevrais une offre d'achat dans l'heure ;

3. j'avais appelé mon conseiller bancaire pour lui demander de casser mon assurance-vie et de virer les fonds sur mon compte courant et, enfin, je signifiai mon congé à l'entreprise qui m'employait. J'aurais bien assez à faire ici !

… mais je me tus.

— Il est gentil, tu sais ! insista Amaretto, déstabilisée par mon silence. Moi, quand ça ne va pas, je bois un coup et je cherche à me souvenir du plus beau jour de ma vie. Et ce n'est jamais le même !

— Je n'ai pas de plus beau jour de ma vie, marmonnai-je. Je n'ai même pas de beau jour tout court !

— Goûte, éluda-t-elle. On l'appelle le sang de Jupiter, c'est avec ça qu'on fait le chianti. Un petit verre et hop, tu vas reprendre des couleurs.

Nous bûmes en silence, et c'était bon de ne pas avoir à parler sans envie. Si le monde était moins bavard, on s'entendrait mieux les uns les autres, ce que je finis par lui dire.

— Nous, les Italiens, on aime parler et chanter parce que notre langue est belle et qu'on ne se lasse pas de ses sonorités. Tu chantes déjà, mais tu devrais parler plus parce que je vois ton petit cœur déborder et qu'il faut le ménager.

— Je reste, lui annonçai-je enfin. Pour toujours.

Sans répondre, Amaretto maugréa une insulte en italien, fila dans sa cuisine et en revint avec mon assiette de *piccata*, agrémentée de feuilles de roquette d'un beau vert, parsemées de noix et assaisonnées de balsamique.

— Tu n'es pas contente ?

— Je ne suis pas sûre.

— Pourquoi ?

Je devinais déjà la réponse. Les ruines qui s'écroulent, les souterrains qui s'affaissent et les mauvais esprits…

— Tu es trop seule, là-haut, ma *Castellana*, et ce n'est pas bien pour toi. Tu n'as pas l'âge de vivre avec les fantômes.

— Qu'est-ce que tu sais de moi ? Comment tu peux dire ce qui est bon ou pas pour moi ?

— Je sais que tu préfères t'attacher à des pierres qu'à des gens, me dit-elle d'une voix vibrante.

Peut-être Amaretto avait-elle raison. Plus les jours passaient, plus j'avais la sensation de m'enraciner dans ce lieu nimbé de mystère et de magie. L'idée de finir ma vie comme une vieille folle solitaire tout en haut de sa montagne me plaisait chaque jour davantage ! Après tout, Parme n'était qu'à une heure de route, et je pourrais aller y draguer en camionnette.

Mes propres pensées m'amusèrent tant que je souris devant mon plat ; Amaretto se méprit.

— Tu vois, rien ne t'atteint, tu ris de tout. Tu ne devrais pas, Eddie.

Vexée, l'aubergiste me tourna le dos et j'achevai mon plat en silence, tandis qu'elle farfouillait derrière son comptoir.

— Tu ne m'appelles jamais Eddie.

— Eh bien, aujourd'hui, si !

— Les rares fois où j'ai aimé quelqu'un, finis-je par avouer, les choses ont mal fini.

L'aubergiste contourna le comptoir et vint s'asseoir à côté de moi.

— T'as envie de m'en parler ?

— Tu veux entendre que je suis une pauvre orpheline qu'un juge a émancipée à seize ans parce qu'elle n'avait déjà plus besoin de personne ? Ou que la seule fois que j'ai ouvert mon cœur à un homme, il s'est enfui à toutes jambes ? Pourquoi veux-tu que je m'attache à quelqu'un ? Pour le voir détaler ou mourir ? Non, merci.

Le silence de mon interlocutrice m'en dit plus long que si elle avait ouvert la bouche pour tenter de me rassurer.

— Ça ne t'embête pas qu'on te surnomme Amaretto ? lui demandai-je, histoire de changer de sujet.

— Ça fait plus de quarante ans, et tu es la première que mon avis intéresse.

— Tu détestes.

— J'ai pris l'habitude. Si tu m'appelles Anita, je ne te répondrai pas. Parce que je ne sais plus qui c'est.

— *Semi di finocchio*, il aime bien le surnom que je lui ai donné. Peut-être parce qu'il y a vu la tendresse que j'y mettais, pas le sens que certains donnent aux mots.

— Ce village avale les gens et leur nom.

— Je crois plutôt qu'ici tu es comme tu dois être. Qui s'intéresse à comment tu t'appelles ?

— Tu as raison, ma *Castellana*. C'est ton âme qui importe, pas le nom qu'on t'a donné à la naissance.

— Quel est le tien ?

— Medici. Il signifie « celui qui pratique la médecine ». Presque tous les noms de famille italiens ont pour origine des sobriquets. Nombre d'entre nous ont des noms colorés, tu imagines ! Giangrandi pourrait venir de quelque chose comme « déjà grand » ou le « grand Gian ».

Elle se pencha vers moi pour remplir mon verre, et c'est alors que je remarquai avec surprise le pendentif en forme de sabot minuscule, luisant à la naissance de ses seins.

Le même que celui de Philomène dans la psyché.

Non, tu as dû le voir sur les photos.

Foldingo, tu ne vas pas te mettre à croire aux fantômes ?

Et pourquoi pas ?

— D'où tu tiens ce joli collier ? lui demandai-je à brûle-pourpoint.

Amaretto rougit et détacha aussitôt le fermoir pour ôter le bijou.

— Il te revient, répondit-elle en le déposant au creux de ma paume. J'espère que tu ne m'en veux pas.

— Pourquoi je t'en voudrais ? dis-je en admirant le pendentif.

— Tu ne le passes pas ?

Ce bijou ne m'appartenait pas plus que les objets que Giuseppe avait choisi de conserver en mémoire de Philomène. Il retrouverait sa place dans la chambre, sur la table de nuit où, visiblement, il avait été dérobé.

— C'est toi qui as pris les affaires de mon tonton, ce qu'il y avait dans l'atelier, ses vêtements, les chaussures qu'il a fabriquées ? Dire que j'accusais Alvaro Franchini et son fils ! Amaretto, insistai-je devant son silence, réponds. C'est toi ?

L'aubergiste vida son verre et se resservit.

— Alvaro n'a rien à voir avec cette histoire, commença-t-elle. Le *vecchio pazzo*, il possédait tant de belles choses que personne ne venait réclamer, et nous, au village, on ne savait pas que tu existais. Sinon, on n'aurait rien pris.

Amaretto m'avoua comment, après la mort de Giuseppe, ses fils et des voisins étaient montés au domaine pour faire main basse sur les trésors du maître chausseur.

— C'est du joli. Et qu'est-ce que tu as emporté d'autre ? Des chaussures ?

D'après Amaretto, personne n'avait trouvé une seule paire de chaussures au *castello*, mais elle me décrivit, entre autres meubles et objets, une boîte à savon et le miroir sur pied dans lequel j'avais vu évoluer Philomène et Giuseppe.

— C'est impossible, protestai-je, il est toujours là-haut…

Puis je compris. Avec un frisson.

— Tu l'as rendu parce que tu as vu le fantôme dedans, c'est ça ?

Non, je ne dis pas ce que je suis en train de dire !

— Ce miroir est resté tout ce temps dans ma chambre, et je n'y ai jamais rien vu d'autre que les années défiler !

— Tu es sûre ? insistai-je.

— Si j'avais cru qu'il était hanté, je l'aurais fichu par la fenêtre, tu penses bien !

— Alors pourquoi tu l'as rendu ? Quelqu'un s'est aperçu que tu l'avais volé ?

J'usai du terme à dessein, consciente qu'il la blessait. Mais après tout, n'avait-elle pas pillé mon ancêtre sans vergogne ?

— Je n'ai rien rendu ! Tous les meubles qu'on a « empruntés » au *vecchio pazzo* y sont retournés tout seuls.

La réponse d'Amaretto me fit éclater de rire, et elle s'indigna.

— Si jamais tu bouges ne serait-ce qu'un truc là-haut, tu risques de subir la colère des esprits qui hantent la colline. Pourquoi tu ne me crois pas ?

— Mais si, bien sûr que je te crois ! prétendis-je avec hypocrisie. Au fait, t'as reçu la torche que j'ai commandée ? Il se fait tard et je ne voudrais pas rater le réveil des fantômes !

Je fus frappée par l'expression qui traversa ses yeux. Elle trahissait l'inquiétude d'une mère. Ce regard-là, je ne l'avais pas croisé depuis longtemps.

Des larmes soudaines inondèrent mes joues, et je les recueillis du bout des doigts, incrédule. La dernière fois que j'avais pleuré, je devais avoir dix ans et les genoux en sang après ma chute de vélo.

Niveau 5

L'accident avec des conséquences étendues provoque un rejet limité de substances radioactives et/ou un endommagement grave du cœur du réacteur.

26

La visite des bâtiments et le monceau de journaux empilés dans un coin du salon m'avaient enseigné que son ancien propriétaire, Giuseppe Giangrandi, avait connu la Grande Dépression, la dictature de Mussolini, la guerre, le cinéma muet et, quelle chance, les débuts du rock !

Mieux encore, parmi d'anciens numéros de magazines réputés comme *Elle* et *Grazia*, Alvaro avait déniché le premier exemplaire de *Vogue Italia*, publié dans les années soixante, dans lequel le maître chausseur invitait les lectrices à entrer dans sa vie, le temps de quelques pages.

Il était classe, Giuseppe, les cheveux en bataille, le visage cadré par d'épais favoris, un fume-cigarette en main et l'œil rieur rivé quelque part à côté du photographe, où j'aurais juré que se tenait Philomène.

Au début, j'ai pensé que cet article était précieux parce qu'il présentait les Giangrandi au temps de leur gloire matérielle. Celui qu'on surnommait le grand GiuGi de Parme avait chaussé Lauren Bacall, Brigitte Bardot et Ava Gardner ! Mais très vite, j'ai deviné qu'il m'enseignait un point plus important encore :

le château avait été pillé après la mort de Giuseppe et il ne restait rien du précieux mobilier qui figurait sur les photos.

Mon sang n'a fait qu'un tour, et la région s'en souvient encore…

J'ai aussitôt pensé aux villageois – qui d'autre dans ce coin perdu ? – car il était inenvisageable que cet homme se soit débarrassé des témoins de sa vie avec celle qu'il aimait au-delà de tout. Il suffisait de les voir se regarder pour le comprendre.

Avec la complicité d'Alvaro, j'ai recensé les éventuels voleurs, et notre analyse nous a conduits à retenir quatre familles, choisies pour leurs membres costauds, des terriens, en excluant d'instinct les citadins venus s'installer dans le voisinage.

Le jour de la fête des Vendanges, les habitants de la paroisse avaient l'habitude de se réunir après la bénédiction des vignes par le curé, et nous en avons profité pour mélanger aux boissons des somnifères ; nous n'avons pas lésiné.

Le village endormi, nous avons dévalisé les maisons de nos voleurs présumés pour récupérer les meubles, les bibelots, les tableaux manquants et une psyché admirablement ciselée, que nous avons sans surprise dénichés aux endroits supposés.

L'expérience…

L'événement aurait fait grand bruit si une chape de honte ne s'était abattue sur les habitants. Même le curé a conseillé d'étouffer ce que certains prenaient pour un miracle. Pensez donc ! Le domaine de Giuseppe se remeublait par l'intervention du Saint-Esprit, des anges et sans doute aussi de tous les saints. Et que dire de cette foule qui s'était réveillée, bouche pâteuse, au beau milieu d'un banquet à peine entamé ?

Pour apaiser les esprits, le curé a gravi la colline, crucifix en main, et a pénétré dans le château ouvert aux quatre vents en psalmodiant des paroles tirées d'une version modernisée du *malleus maleficarum*, à la tête d'une procession maigrichonne composée des vieilles paroissiennes.

Il a constaté les faits, puis il a demandé pardon aux Giangrandi au nom de la communauté du Christ, de l'Émilie-Romagne et même du Vatican, et s'est engagé à ce que l'on n'importune plus le repos éternel des vieux amants.

Après cet épisode, certains villageois plus téméraires que d'autres se sont mis à monter régulièrement au domaine pour demander des faveurs au fantôme du grand GiuGi. J'ai rapidement tué dans l'œuf toute velléité de pèlerinage en créant des apparitions, quelques effets de lumière et des manifestations sonores dignes d'un film d'horreur.

Tous très réussis, à tel point qu'aujourd'hui plus personne n'ose s'y aventurer, et que la belle demeure sur la colline est devenue le *castello infestato*.

Cette aventure n'aurait été qu'une anecdote distrayante si, parmi les objets récupérés au village, il n'y avait eu une grande boîte à savon renfermant une paire de chaussures enveloppée dans de délicates feuilles de papier de soie.

Jamais je n'avais vu d'aussi élégants escarpins, doux au toucher, et l'étrange sentiment que le maître chausseur les avait confectionnés pour mon ange par-delà l'espace et le temps m'a hanté durant des jours.

Jusqu'à ce que je comprenne enfin qu'elle était là, ma solution, pour conquérir Eddie, si simple que je n'avais pas su la voir !

La transmission !

27

De retour dans mon *castello*, je pris un malin plaisir à hanter à mon tour les couloirs, l'énorme Maglite brandie devant moi, à la recherche des fantômes de Giuseppe et de Philomène. M'amuser à me faire peur me permettait de ranger mes sentiments au placard pour quelques heures.

Plus que la vision dans la psyché, la sollicitude et l'affection d'Amaretto-Anita m'avaient troublée. Elle déstabilisait, fendillait, titillait ma carapace, parce qu'elle me touchait et remuait des souvenirs, ou plutôt les ramenait à la surface, des souvenirs qui, je l'aurais juré la veille, ne m'appartenaient pas.

Pourtant, cette chute à vélo, ces larmes, ce chagrin, cette mortification tout enfantine de s'être étalée alors qu'à cet âge-là on est plutôt doué pour les acrobaties, l'inquiétude de ma mère, ses bras autour de moi et ses mots rassurants avaient été réels. Et en décalage total avec ce dont je me souvenais depuis plus de vingt ans.

De quoi être perturbée, non ?

Rien de tel qu'une balade nocturne dans les couloirs de mon *castello* pour me remettre les idées en place. La nuit tombée, l'immense demeure palpitait de toutes parts, elle respirait comme un bonze dans une aile, haletait dans une autre, sifflait comme un asthmatique au grenier, chuchotait dans la cour, quand elle ne chantonnait pas avec les carillons. J'avais la sensation d'évoluer sous l'étreinte d'un immense personnage créé pour me protéger. L'ensemble des pierres ancestrales restituait la chaleur du jour, et je rasai les murs à l'abri desquels il faisait encore doux.

Emmitouflée dans le gilet de Philomène, je gravis au pas de course l'escalier à vis qui conduisait au pigeonnier. Je n'avais pas reçu la visite de mon lecteur mystère ces derniers jours, et je suppose que les cadenas, pièges et autres serrures que j'avais installés avaient joué leur rôle.

En passant, je jetai un coup d'œil dans le grenier au plancher défoncé. Ici, personne ne pouvait se dissimuler sans risquer de se rompre le cou cinq mètres plus bas. Le rayon de ma lampe dérangea quelques pipistrelles, suspendues la tête en bas sur une ligne quasi parfaite, et un chat malingre, en quête de nourriture.

Deux billes jaunes dans la lumière me scrutèrent de longues secondes, puis s'évanouirent dans la nuit. Je tentai en vain d'appeler l'animal – par tous les noms : Minette, Matou, Grisou, et j'en passe (*Tonton, tu pourrais me donner son nom, tu ne crois pas ?*) – avant de me trouver si ridicule que j'éclatai de rire, et mon rire résonna dans l'immensité qui m'entourait.

Je le découvrais en même temps qu'il sortait de ma gorge en cascade, et de l'entendre, si bizarre, le fit redoubler.

Un fou rire. Pour rien.

J'avais plutôt tendance à l'étouffer quand il tentait une percée, parce qu'à l'instar de la pluie il serait suivi de beau temps et que j'aimais l'idée qu'il pleuve à jamais sur ma cape d'invisibilité. Aujourd'hui, ces murs empreints de magie me donnaient envie de soleil, de vie. Et alors que je me laissais envahir par les soubresauts, je dénichai, entre deux planches, une sorte de ruban rouge. Je tirai dessus et constatai qu'il s'agissait d'un collier pour chat, assez ancien, avec un nom brodé à la main : *Vladimir.*

— Merci, tonton, dis-je dans le silence de la grande demeure, mais je t'avais demandé de m'envoyer Monsieur X, pas un matou !

À peine avais-je prononcé ce nom qu'une masse ronronnante fit des huit entre mes chevilles. Le pauvre animal avait la peau sur les os. Je l'emportai contre moi, il planta ses griffes dans mon épaule et nicha sa tête dans mon cou.

Tandis que je me dirigeais vers les cuisines, je me surpris à lui parler comme s'il se fût agi d'un pauvre môme abandonné. N'était-ce pas le cas ? J'ignorais s'il appartenait à Giuseppe ou s'il s'était aventuré et perdu là, et peu m'importait. J'allais nourrir cette peluche maigrichonne comme il se devait, et après il irait vivre sa vie de matou.

Pas question que je m'attache à un vieil animal qui ressemblait plus à un rat hirsute qu'à un chat.

À peine entrais-je dans la cuisine que Vladimir quitta mes bras pour filer vers les réserves. Je le suivis, curieuse de voir où ses quatre pattes me conduiraient. Il connaissait la maison puisqu'il se faufila sans une hésitation par la porte entrebâillée de l'ancien stock. Je m'engageai dans l'escalier à mon tour et le retrouvai dans ces caves que je n'avais pas encore osé visiter.

Clair qu'à minuit passé, même en compagnie d'un chat, ce n'était pas une bonne idée. Cependant, je m'armai de courage et poursuivis l'exploration. Ici, le sol était en terre battue et les murs couverts d'étagères vermoulues.

Une forte odeur de mousse et de champignon grimpa à mes narines, et mes cheveux accrochèrent des dizaines de toiles d'araignées. Je progressai le nez en l'air pour éviter de déranger les épeires, les faucheux ou autres arachnides poilus, tout en admirant le plafond couvert de concrétions calcaires qui luisaient comme de la nacre dans le halo de ma lampe.

Pour me témoigner son impatience – après tout, je flânais plutôt que je n'explorais –, Vladimir miaula et son miaulement fut accompagné d'un souffle glacial qui me fit hésiter.

Était-ce vraiment raisonnable ?

Ici, des dizaines de mètres sous mon *castello*, dans les entrailles de ma colline, j'étais non seulement privée de téléphone, *nessun servizio* ++, mais également à la merci de la qualité des piles de la Maglite.

De quoi as-tu si peur ?

Je peinais à croire à cette histoire de meubles qui bougeaient tout seuls. L'un des villageois, pris de remords, ou un autre ayant découvert le vol, avait sans doute craint des représailles d'outre-tombe et décidé de rendre au *castello* ce qui lui appartenait.

Quant aux esprits qui hantaient la demeure, s'ils existaient, et j'avoue que j'étais capable d'y croire un instant et de réfuter la thèse la minute suivante, ils ne pouvaient être malveillants. La terreur qu'ils suscitaient n'était issue que de croyances imbéciles, d'angoisses glanées dans les salles obscures, devant des films dits d'horreur, où les fermes fortifiées accrochées à flanc de colline sont habitées par des vampires, des esprits torturés, ou squattées par des satanistes en mal de sensations fortes.

Quant aux images de mon tonton et de Philomène dans le miroir, elles étaient le produit de mon cerveau excité par les bulles de lambrusco.

T'es sûre ?

Oui, je suis sûre !

Et le pendentif, tu l'as inventé ?

Je l'ai forcément vu sur la photo !

Sauf qu'il n'y figurait pas. J'avais vérifié.

Même si je me sentais en sécurité dans les entrailles de mon *castello*, je regrettai de n'avoir pas emporté mon matériel de Petit Poucet, voire mon fil d'Ariane, car, après tout, ses caves comptaient de nombreuses pièces plus biscornues que celles d'un labyrinthe, et je n'étais pas célèbre pour mon sens de l'orientation.

Je décidai tout de même de récupérer quelques sarments de vigne, abandonnés sur un tas, et de les placer au sol comme autant de flèches qui baliseraient mon retour.

Après dix bonnes minutes de marche dans le dédale de mon domaine, Vladimir le chat me conduisit jusqu'à une anfractuosité dans la roche, puis s'assit devant et me regarda en lançant une plainte, l'air de dire : « J'ai fait le job, à toi de jouer. »

— Qu'est-ce que tu veux me montrer, petit père ?

J'observai les murs autour de moi, passai la main sur les pierres, à la recherche d'un mécanisme secret qui ouvrirait une caverne d'Ali Baba ou que sais-je…

Le trésor ?

Tu rêves !

Malhabile (je n'étais pas Indiana Jones), j'explorais la paroi le cœur battant, sans succès, quand Vladimir, impatient, disparut juste sous mes yeux. Je compris alors que j'étais victime d'une illusion d'optique et que cette anfractuosité que le chat me suggérait d'explorer cachait un passage débouchant sur de nouvelles marches qui s'enfonçaient encore plus profondément sous terre.

Alvaro nous avait parlé de catacombes, de rites païens, d'Inquisition et de partisans dissimulés dans des tunnels sous nos propriétés… Giuseppe connaissait-il ce lieu ? Philomène venait-elle s'y recueillir ? Où conduisait-il ?

Vladimir m'attendait en haut de l'escalier avec son air de rat malingre et insolent qui me disait : « T'es vraiment pas douée, ma pauvre fille ! »

Puis il se précipita dans les abîmes de mon *castello* et, bientôt, le silence s'abattit sur moi. La descente, dans cet endroit si calme que seul le bruit feutré de mes pas venait troubler, me sembla interminable.

J'avais l'impression de jouer dans un film rien que pour moi. Des lames allaient elles traverser les murs ou jaillir du sol pour me transpercer, aurais-je une énigme à résoudre pour ouvrir la porte de la salle au trésor ?

L'escalier déboucha dans une galerie, dont les parois de roche veinée de sillons cristallins étincelaient dans la lumière de la torche. Le sol s'enfonçait en pente douce jusqu'à une salle où une vasque naturelle recueillait une source, dont l'eau semblait phosphorescente.

Je crus rêver en découvrant la statue d'une femme taillée dans la pierre d'Istrie. Les eaux avaient tant ruisselé à sa surface qu'elle semblait drapée dans une étoffe minérale, et un serpent de marbre vert était enroulé autour de son bras. D'innombrables niches perforaient les parois autour de la vasque, certaines occupées par des ossements, d'autres par des ex-voto rudimentaires. Il y avait même des bougies, de facture plus récente que le reste.

Je ne résistai pas au plaisir d'en allumer une et m'installai en tailleur, dos contre le mur. Aussitôt, Vladimir se nicha entre mes jambes. Soudain, nourrir ce chat si famélique que j'aurais pu le briser d'une main ne me sembla plus si urgent. Je ressentais une telle plénitude à admirer la lueur de la flamme qui frétillait sur les plis du vêtement sculpté, illuminait les traits de cette antique femme et faisait chatoyer l'eau que j'ignore combien de temps s'écoula.

Bercée par les murmures de la source qui coulait ici depuis une éternité, au moins, je fermai les yeux, désireuse de goûter à la paix que m'apportait ce lieu hors du temps. Et pour la première fois depuis vingt ans, je songeai à mes parents sans ressentir une once de colère.

28

Joseph Hicks, notaire à Paris.

La plaque en cuivre étincelait, et chaque matin, en pénétrant dans l'immeuble, je me disais que ma mère aurait été fière de moi.

Hélas, tout n'était qu'illusion.

La plaque, le prestigieux bureau à quelques pas de la place de l'Étoile, loué au mois, les dossiers, vides, qui encombraient les étagères, les plantes dans l'entrée, en plastique, achetées dans un hypermarché de banlieue. Seule vérité dans ce monde de dupes, mon diplôme en droit encadré sur le mur – certes, mon identité avait changé. Même le papier notifiant mon appartenance à la chambre des notaires de Paris, duplicata d'un authentique récupéré sur Internet, était faux.

Pourtant, avec mon complet trois pièces, mes Weston, qui reprenaient du service après des années de placard, mes lunettes rondes à écaille, sans compter cet air sérieux que j'affichais devant la concierge, les gens de l'immeuble et ceux du bistro où je prenais mes repas, je ressemblais à l'image qu'Eddie devait se faire d'un notaire.

L'habit ne fait pas le moine ?

Pas d'inquiétude, appelez-moi Monsieur X et tout ira bien.

Le problème, c'est que le téléphone restait muet.

Sam, la clerc que j'avais engagée – pas une vraie clerc, là encore, Sam pour Samira, mais qu'importe, je la payais de la main à la main, lui avais assuré du travail pour l'été, ce qui comblait ses attentes d'étudiante –, avait deux missions cruciales à remplir : répondre au téléphone et recevoir Eddie pour lui présenter les documents faisant d'elle une héritière. Mon rôle se limiterait à « travailler dans mon bureau » et à faire un rapide passage dans celui de ma collaboratrice pour saluer ma cliente. Il n'était pas question que je me grille en passant un long moment avec Eddie. Certes, elle ne m'avait jamais vu, mais elle ne devait pas non plus faire le rapprochement entre son notaire et son futur nouveau voisin en Italie !

Comme je viens de le préciser, ce téléphone s'entêtait à ne pas sonner. Il faut dire que je n'espérais qu'une cliente et qu'en dehors d'Eddie, qui avait reçu un courrier de mon étude tout début juillet, personne ne connaissait l'existence de maître Hicks.

Un mois, c'est long quand on n'a strictement rien à faire. Assise près du téléphone, Sam rattrapait son retard de lecture et, moi, je bouillais de l'intérieur.

Comment expliquer le silence d'Eddie ? On ne reçoit pas tous les jours une lettre vous annonçant que vous héritez d'un château en Italie !

Alors quoi ? J'avais plusieurs hypothèses : Eddie ne relevait pas son courrier – pourtant, je passais régulièrement par son immeuble et la boîte aux lettres vide infirmait cette supposition – ou alors elle n'avait pas cru une seconde à cet héritage, ou encore s'était-elle renseignée sur le notaire sis rue Anatole-de-la-Forge, à deux pas de l'Arc de triomphe, et je devais m'attendre à voir débouler la maréchaussée.

Néanmoins, je ne bougeais pas de mon bureau, sauf pour le déjeuner, et lorsque Sam quittait son poste aux alentours de dix-huit heures, je prenais la relève auprès du téléphone jusqu'à vingt heures, au cas où.

Mais rien ne se passait, et la première semaine d'août allait s'achever quand, sur les coups de onze heures – non, il était précisément dix heures quarante-trois –, la sonnerie brisa le silence.

Le temps a-t-il suspendu son vol ? Mon cœur a-t-il manqué un battement ? Ce que je sais, c'est que mon sang s'est retiré de mon visage et que j'ai ressenti un froid intense, alors que la nuit n'avait pas réussi à évacuer la chaleur de la veille et que le ventilateur brassait un air moite.

Sam a été parfaite. Elle a ouvert l'agenda, mouillé son doigt pour tourner les pages et puis elle a dit d'un air entendu : « C'est-à-dire que maître Hicks est très pris. Je n'ai rien avant la semaine prochaine, et encore… attendez, ne quittez pas, je vous prie. »

— Elle doit s'absenter la semaine prochaine, m'a chuchoté Sam, la main sur le combiné, et propose de venir à la fin du mois…

Pas question d'attendre une seconde de plus ! Je fis de grands gestes signifiant que je voulais la voir aujourd'hui même.

— Si vous pouvez passer en fin d'après-midi, maître Hicks me fait savoir qu'un rendez-vous a été décalé, a ajouté Sam avec un grand sourire dans la voix. C'est noté, à tout à l'heure.

L'expression radieuse qui illuminait le visage de ma pseudo-secrétaire quand elle s'est tournée vers moi a manqué me tirer une larme, tant elle paraissait sincère, et son pouce dressé pour me faire comprendre que tout roulait incarna dans sa simplicité l'un des plus beaux moments de ma vie !

Dans la minute, je suis retourné dans mon bureau pour ne pas claquer des dents devant elle. J'étais retourné, au sens premier de cette expression. Les tripes à l'envers et le palpitant qui cherchait à se barrer de ma poitrine.

J'ai regardé ma montre. Dix heures quarante-sept. Comment allais-je survivre sans me consumer ?

Pour ne pas devenir fou à lier en attendant, j'ai téléphoné à Alvaro. Ce diable de Franchini avait récupéré par voie de justice quinze hectolitres de bonne huile d'olive auprès des villageois qui s'étaient servis sur nos terres sans la moindre autorisation, et il revenait tout juste de chez un imprimeur avec des milliers d'étiquettes de *Gli ulivi di Fati*, marque déposée au registre du commerce, née quelques jours plus tôt. Distribution confidentielle d'un produit magnifique. Fati aurait adoré, j'en suis certain.

— Ça te plaît ?

Oh, oui, l'idée était belle, et l'hommage à la hauteur de ma fée de la rue Marcadet. Je revis le visage de Fati le jour de sa mort, avec son foulard sur la tête, ses traits si creusés qu'elle semblait s'en être déjà allée. Oui, la colline était un endroit pour elle, et qu'une huile biologique, saine et forte, porte son nom, ça avait du panache, de la gueule. C'était à sa dimension.

— Dis donc, tu n'as pas l'air dans ton assiette ?

Je ne voulais rien dire à Alvaro au sujet d'Eddie. Il se serait cru obligé de me conseiller, et je savais que mon ange n'était pas comme les femmes qu'il avait fréquentées. Une exception fait une règle, j'avais besoin de m'y tenir. Alors j'ai raccroché sans rien lui dire.

Incapable d'envisager comment allait se dérouler ma première rencontre officielle avec Eddie, ou même de préparer mes répliques, je songeai au château de Giuseppe que je m'apprêtais à lui offrir.

J'aurais aimé connaître le vieux GiuGi. J'enviais cet homme de s'être jeté à corps perdu dans cet amour fou dont la plupart rêvent et je l'admirais d'avoir survécu un demi-siècle à sa solitude, expérimentant jusqu'aux tréfonds de sa chair les deux versants d'un même sentiment. Giuseppe et Philomène faisaient partie de ces gens dont William Sheller, dans sa chanson *Un homme heureux*, dit qu'« ils ont un monde à eux, que rien n'oblige à ressembler à ceux qu'on nous donne en modèle[1] ». Sans doute courais-je après un rêve inaccessible, une chimère, diraient certains, mais si la vie valait d'être vécue, je pressentais qu'il fallait en passer par la recherche de cet état d'équilibre entre deux êtres. J'imaginais qu'aimer était donné à tout le

1. *Un homme heureux*, « Sheller en solitaire », Philips Mercury, 1991.

monde, à la condition d'en développer le talent. C'est donc ce qu'il me restait à faire : aider mon ange de l'avenue Junot à ouvrir les yeux en grand. On peut dire de moi que je suis pugnace, obsessionnel et que je ferais fuir toute personne sensée.

Avais-je autre chose à offrir ?

Ce qui aurait dû être un jour radieux a basculé dans le chaos quand, à dix-huit heures, Sam m'a prévenu qu'elle ne pouvait pas attendre Eddie plus longtemps – elle avait un cours à donner.

L'annonce m'a anéanti – je n'avais plus d'autre choix que de jouer mon rôle de notaire, ou tout annuler et attendre un mois de plus, ce à quoi je n'ai pu me résigner – et la sonnette retentissant aux alentours de dix-neuf heures a bien failli me terrasser !

Je me suis approché de la porte,

5, le voisin n'aura qu'à porter le bouc,

4, le notaire sera plus ébouriffé,

3, ôte tes lunettes, le voisin en a,

2, ôte ta veste et ton polo,

1… t'es mieux en chemise, même si elle est trop juste !

Lever du rideau !

Eddie est devant moi.

Et je tombe amoureux d'elle pour la sixième fois.

·

Elle a passé un joli corsage blanc, un pantalon en toile, du lin. C'est fou, j'ai l'impression que je vois tout, au détail près. En s'épilant les sourcils, elle en a oublié un sur le côté extérieur, et je l'imagine devant son miroir en train de pester contre ses poils qui cherchent à barrer son front d'une tempe à l'autre.

Comme il fait chaud, la sueur fait briller son visage. Un nerf agace le bord de sa lèvre supérieure. C'est charmant. Je rêve de me taire à jamais, de l'embrasser comme ça, sans rien dire. Je crève d'envie de lui faire comprendre que nous sommes enfin réunis et que nous ne devrons plus jamais nous quitter. Elle et moi pour toujours, deux versants d'une même entité, faits pour s'aimer jusqu'à la fin des temps. Mais je ne dis pas une telle chose. Le temps reprend son cours. C'est brutal et ça m'effraie.

— Bonjour, mademoiselle, entrez donc.

Et j'ai repris mon personnage de notaire.

Elle s'est excusée pour le retard, une panne de métro, et les platitudes se sont enchaînées de part et d'autre. J'aurais voulu être mort. Je n'étais pas préparé à cet entretien, seulement à un rapide passage !

Mais il fallait avancer pas à pas, ne pas risquer de tout gâcher par un impair, rester neutre, lointain. Eddie ne devait pas me découvrir, pas maintenant, alors que j'étais prêt à tout envoyer valdinguer et à la prendre dans mes bras pour lui dire : « Je t'aime depuis que j'ai dix ans, alors oublie cette histoire d'héritage. Laisse-moi t'épouser et t'offrir la vie de princesse que tu mérites ! »

Non, je ne pouvais pas agir ainsi, et en réalité, à partir de maintenant, ce serait à Eddie de bosser pour nous. Alors je l'ai invitée à s'asseoir dans mon bureau – c'était tellement incroyable de nous retrouver face à face à une si courte distance – et j'ai joué la partition de Sam, que je connaissais par cœur pour l'avoir écrite pour elle.

Je lui ai proposé un café, Eddie a préféré une eau plate, et lui ai exposé en détail une partie de l'histoire de sa famille qu'elle ne connaissait manifestement pas, et pour cause…

Les papiers du cabinet de généalogistes attestaient la filiation, j'en ai sorti le dossier complet, me suis approché d'elle. Un jour viendrait où je devrais me débarrasser du notaire pour n'être plus que moi aux yeux d'Eddie. C'est vrai que je ne me facilitais pas la tâche avec ce déguisement et ces mensonges, ma vérité inventée, tronquée. Mais jamais je n'aurais confié ce rôle à un inconnu.

— Voyez-vous, M. Giangrandi était votre grand-oncle du côté de votre mère.

Et ce qui n'aurait jamais dû arriver arriva.

Peut-être Eddie avait-elle des antennes ultrasensibles, peut-être même percevait-elle l'amour et le désir qui me brûlaient, mais l'entretien débutait à peine qu'elle me faisait des œillades !

N'était-ce pas merveilleux, et tout aussi tragique ?

En enfilant le costume du notaire, je m'étais condamné à un mensonge perpétuel, jamais elle ne devait découvrir que maître Joseph Hicks, rue Anatole-de-la-Forge à Paris, n'existait pas.

Et puis, j'avais œuvré pour l'aider à retrouver le chemin de son cœur, afin qu'elle me reconnaisse pour ce que j'étais, c'est-à-dire l'homme de sa vie – elle était bien la femme de la mienne –, et non une passade, histoire d'occuper son été, ou pire, un petit coup vite fait, parce qu'il n'y a pas de mal à se faire du bien.

Je suis repassé de l'autre côté du bureau et j'ai repris mon air ennuyeux, en priant qu'il ne s'agisse que d'une méprise et qu'elle m'aurait oublié dans une heure.

Le climat est redescendu vers des contrées tempérées.

Et le vertige est passé.

29

La mèche de la bougie vacillait sur la cire fondue quand je rouvris les yeux. Quelques étincelles s'en échappèrent, puis elle bascula et s'éteignit, me livrant aux ténèbres. J'ignore combien de temps j'étais demeurée ici, dans ce lieu de paix, et je serais bien restée encore, mais la prudence et un léger courant d'air frais m'enjoignirent de regagner la surface.

Je rallumai la Maglite et m'apprêtais à prendre le chemin du retour quand un feulement m'arrêta. Vladimir m'attendait assis près d'un passage, à l'opposé de l'endroit où je me tenais, et ses yeux jaunes me disaient : « Tu crois que je n'ai que ça à faire ? »

— Très bien ! Alors, sois un bon guide !

Suivre mon compagnon maigrichon aux yeux jaunes me conduisit de surprise en surprise. Ce nouveau boyau où il m'entraînait se divisait, se muant peu à peu en labyrinthe dont les embranchements présentaient des colonnes surmontées de chapiteaux décorés de sculptures naïves, taillées dans la roche.

Je me félicitai d'avoir emporté assez de sarments de vigne pour baliser le chemin. Pour quelle raison avait-on créé ces passages et quand ? Étaient-ils destinés à rejoindre le *castello* ou la statue de la femme au serpent ? Je me figurai le travail colossal que leur excavation avait nécessité, mais aussi le refuge qu'ils avaient dû offrir au cours des siècles passés. Des femmes avaient accouché ici, des gens étaient morts, d'autres s'y étaient aimés, ou entre-tués. Mais il ne subsistait rien d'eux, tout comme il ne subsisterait rien de moi après ma mort.

Sauf si tu fais des mômes à Monsieur X !

Encore faudrait-il qu'il pointe le bout de son bec, ton aigle ébouriffé !

Comme s'il lisait dans mes pensées, Vladimir me lança un coup d'œil narquois, puis il s'engouffra dans une nouvelle galerie aboutissant à une crypte qui comptait une demi-douzaine de passages.

À court de sarments de vigne, j'hésitai cette fois à suivre mon guide à quatre pattes, qui s'impatientait à l'entrée d'un boyau plus bas que les autres. La curiosité fut la plus forte, d'autant qu'il semblait m'attirer dans les soubassements d'une maison et qu'en dehors de celle de mon voisin grignoteur de terrain il n'y en avait pas d'autre sur la colline.

Quel terrible secret Vladimir allait-il me permettre de découvrir ?

Tout en avançant, j'espérais qu'Alvaro Franchini ne soit pas le Barbe-Bleue d'Émilie-Romagne. Je n'avais pas très envie de finir mes jours séquestrée au fond d'une cave ou découpée en petits morceaux qu'on éparpillerait dans les champs.

Brrr…

Ma curiosité fut plus forte que la peur, et je poursuivis mon exploration, le cœur battant. Bientôt, je me trouvai devant porte close.

— Vladimir ?

Décidément, ce matou avait le don de passer à travers les murs !

J'entrai dans une cave où deux armoires à vin électriques ronronnaient. Mon voisin était un amateur de bonnes bouteilles ! Certaines, vieilles de plus de trente ans – je remarquai un chambolle-musigny et un pommard clos-des-ursulines –, devaient valoir une fortune !

Mais comme je ne comptais pas le dévaliser…

Mue par un intérêt grandissant, j'éteignis ma torche et gravis les marches vers le rez-de-chaussée. Une nouvelle porte s'ouvrit sur une cuisine ultramoderne. Partout, sur le sol et les murs, dansaient les reflets chatoyants de la piscine en marbre vert.

La présence d'un exemplaire piqué de moisissures de *Gatsby le magnifique* sur une desserte du salon me confirma que mon fantôme lecteur passait bien par ici. Oui, celui qui grimpait aux échelles et ajoutait des serrures aux portes de *ma* maison !

La colère me rendant plus culottée que trouillarde, je me faufilai à l'étage et fouillai dans une malle moins déglinguée que celle de l'atelier, que j'avais repérée lors de ma première visite. Elle renfermait les effets personnels de tonton Giuseppe ! Quelques vêtements, des photos du temps de sa jeunesse, des magazines de mode remontant aux années soixante et une paire d'escarpins rouges. Celle qui m'avait été volée, celle qui était rangée dans la grande boîte à savon, dans l'écrin de papier de soie, celle que mon ancêtre me destinait !

Le trésor que j'espérais tant !

Qu'avais-je à faire de lingots d'or, de meubles, de bibelots précieux, quand je possédais ce trésor… Ils étaient le lien entre des générations de mon sang qui n'avaient pas eu la chance de se connaître !

Je saisis les escarpins d'une main tremblante, consciente de toucher la dernière réalisation de Giuseppe. Soudain, la peur m'envahit. J'eus peur de les perdre, peur qu'on me les arrache. Peur de ce que cet Alvaro Franchini était capable de me faire, s'il me trouvait chez lui. Après tout, ne m'avait-il pas menti effrontément au sujet de ce prétendu fils qui n'était pas là, à coups de bla-bla habile et charmeur ?

Jamais je n'avais été en sécurité dans mon *castello*, et avec ce souterrain Alvaro et son présumé complice avaient pu accéder à ma maison aussi souvent qu'ils le souhaitaient. Les bruits, les livres abandonnés, les serrures neuves, les meubles qui revenaient tout seuls, tout s'expliquait !

Il n'y a pas de fantômes au castello*, mais des bandits !*

La peur se mua en panique. Ma paire de chaussures à la main et la Maglite dans l'autre, je me précipitai dans l'escalier menant à la cave et m'engouffrai sans réfléchir dans le passage le plus proche, terrifiée à l'idée d'être pourchassée par ces malfrats !

Vingt mètres plus loin, le sol se déroba sous mes pieds et je glissai sur une pente raide qui s'acheva sur un tas de sable, ou de je ne sais quoi d'humide et de mou qui me répugna.

Comble de malchance, l'ampoule de la Maglite clignota et s'éteignit.

30

Non, tu n'as pas peur du noir ! Pas à ton âge !

Dans l'obscurité, je vis luire au-dessus de moi les yeux jaunes de mon guide à quatre pattes.

— Vladimir, va chercher de l'aide !

Et le chat s'éclipsa.

Cinglée, l'autruche ! Elle parle à un chat !

J'attendis, hoquetante, prisonnière d'un endroit étrange où la panique me conduisait à mi-chemin entre la crise de larmes et le rire.

La Castellana *vous salue bien depuis les oubliettes de son château !*

Respire, respire.

Personne ne va te sortir de là, alors tu arrêtes de geindre et tu remontes !

Oui, je remonte.

À tâtons, je m'assurai que les chaussures rouges étaient en sécurité dans les poches arrière de mon pantalon, et me mis à quatre pattes pour gravir la pente. Mais le sable mêlé de terre roulait sous mon poids, et j'avais l'impression de pédaler dans la semoule. Une fois, dix fois, cinquante fois j'insistai, et cinquante fois je me retrouvai à mon point de départ, éreintée, les mains éraflées, le corps brûlant et trempé de sueur.

— Réfléchis, murmurai-je, comme si j'allais déranger qui que ce soit. Il y a forcément un moyen de sortir de là !

Il n'y avait aucun moyen et je le savais. La pente était trop abrupte, trop longue et je n'avais aucune prise.

Tu vas mourir ici, Eddie !

Parce que la vie pouvait s'arrêter d'un coup, qu'il n'y avait pas de loi et que, dans ce monde, il arrivait même que des parents se suicident le jour de l'anniversaire de leur fille unique !

Cette pensée manqua emporter ma raison, et la voix d'Amaretto s'imposa à mon esprit comme si elle voulait me sauver de la folie : « Quand ça ne va pas, je bois un coup et je cherche à me souvenir du plus beau jour de ma vie, me disait-elle. Et crois-moi, ce n'est jamais le même ! »

Je n'ai pas de plus beau jour de ma vie !

Mais tu as des pots de cactus-souvenirs !

Je fermai les yeux et, dans les ténèbres qui m'enveloppèrent, j'en dénichai un qui me rasséréna.

Djo ! Mon cambrioleur du métro !

Cette rencontre inattendue remontait à si loin que je l'avais presque oubliée. Pourtant, cet homme m'avait autant séduite en me parlant dans le noir qu'il m'avait meurtrie en disparaissant, la lumière revenue. Alors non, ce n'était pas le plus beau jour de ma vie, même s'il s'en était fallu de peu !

Il doit bien y avoir quelqu'un dans ton triste jardin, ma Castellana *!*

Résolue à me sauver de la panique, je persévérai. Il y en avait un autre, plus ancien encore et fugace : ce jeune homme à la terrasse d'un café à Montmartre, en larmes, et son regard si beau et si triste que je lui avais souri, moi qui ne souriais jamais à personne. Je n'avais pas osé lui parler, convaincue qu'il lisait une lettre de rupture et qu'il aurait été inopportun de l'aborder alors qu'il avait du chagrin, et pour lui parler de quoi d'ailleurs ?

Je chassai le vague regret qui me pinçait le cœur et poursuivis mon voyage au milieu de mes pots renversés et de la terre qui maculait mes mains et mes pieds. Je retournai les cactus, je les secouai, ignorant leurs aiguilles qui piquaient le bout de mes doigts, et je remontai dans le temps, jusqu'à ce jour honni où j'avais dévalé l'avenue Junot, l'urne vide entre les mains.

Là, je retrouvai la frimousse d'un gosse, ses yeux bleus dans lesquels j'avais vu l'horizon, sa voix enfantine, si touchante, qui m'avait arraché un rire le pire jour de ma vie, et j'ignore pourquoi, le souvenir de ce rire me ramena au sourire ravageur de mon notaire.

Mon dernier souvenir.

Celui que je ne voulais pas détruire.

Le regard de Monsieur X, dans son étude, quand il m'avait ouvert la porte, et mon cœur cognant à toute vitesse dans ma poitrine en découvrant que, derrière le nom anonyme d'un notaire parisien, il y avait un homme en chair et en os, un homme qui m'avait chamboulée au premier regard, et dont j'allais adorer l'expression quand je lui annoncerais que j'envisageais de racheter mon héritage et, pourquoi pas, refaire ma vie là-bas.

Oui, j'avais aimé sa façon de me trouver belle et con à la fois, et oui, c'était le plus beau moment de ma vie !

Dans mon obscurité, à la frontière entre ce monde et peut-être rien du tout, j'admis qu'il existait un être avec lequel j'accepterais de passer un jour, une nuit, avec lequel je pourrais tenter l'aventure, m'exposer à la douleur, à la trahison, peut-être aussi au bonheur, sans me ficher la tête dans le sable au premier coup de Trafalgar !

— Si je m'en sors, promis-je dans le silence de ma prison, je jure que je l'appelle et que je tente ma chance !

Attention, Eddie, je témoignerai si tu changes d'avis !

Oui, tonton, je sais !

La folie de mes serments et mon ton enjoué achevèrent de m'achever. C'était une attitude désespérée, un shoot d'illusions avant le grand saut…

— Au secours, au secours ! Il y a quelqu'un ? Je ne veux pas mourir !

Se pouvait-il que mon conte de fées s'arrête là ? Je venais tout juste de découvrir mes chaussures de Cendrillon ! Le monde ne pouvait pas être aussi injuste ! Si ?

Non !

Eh bien, il faut croire que si.

Mais je continuai à hurler, à hurler, et à hurler encore dans les ténèbres de mon *castello*, jusqu'à ce que ma gorge endolorie ne puisse plus émettre qu'un râle inaudible, sur les notes de la chanson des partisans qu'affectionnait tant Amaretto.

La maman que je n'avais pas eue.

O partigiano, portami via
O bella ciao, bella ciao, bella ciao, ciao, ciao
O partigiano, portami via
Ché mi sento di morir
O bella ciao, bella ciao, bella ciao, ciao, ciao…

Niveau 6

L'accident grave provoque un rejet de substances radioactives avec des effets sur l'environnement et la santé.

31

L'effarant courage et la folle témérité d'Eddie ont eu très vite des conséquences sur ma santé. Un homme livre-t-il la femme qu'il aime aux dangers de la solitude ? On ne manipule pas les gens sans craindre de lourdes conséquences, et, dans mon cas, le retour du boomerang m'aurait étalé pour longtemps, sinon pour toujours.

En l'épiant le jour de son arrivée au château, j'avais pris conscience que c'était une folie de l'avoir fait venir jusqu'ici. De mes fantasmes à la réalité, il y avait un abîme infranchissable ! J'avais eu beau verrouiller la porte donnant sur les vieilles cuisines et les caves et sécuriser les planchers, cette forteresse était remplie de pièges mortels.

Ah ! Si la raison avait gouverné mes décisions, j'aurais été plus studieux à l'école, je n'aurais pas cherché à devenir Arsène Lupin et j'aurais vendu l'héritage de Fati pour me lancer dans des affaires plus rentables.

Mais quand mon ange s'est installée dans l'atelier pour passer sa première nuit sur la colline, j'ai su qu'elle était assez dingue pour m'accepter tel que j'étais. N'en fallait-il pas de l'inconscience, du romantisme désespéré et une belle dose de pugnacité pour préférer les courants d'air d'une ruine au confort d'un hôtel ?

Dès qu'elle avait franchi le portail rouillé du domaine, mon cœur s'était mis au diapason de mon esprit survolté. Les yeux rivés à sa silhouette que les arbres et les buissons masquaient par intermittence, j'avais été terrifié à l'idée qu'elle tombe dans je ne sais quel ravin imaginaire, puis une joie sauvage avait envahi ma poitrine quand elle était arrivée au pied de la balançoire accrochée dans le tilleul.

Elle souriait.

Je brûlais de me montrer, mais je n'avais pas bougé. Pour quelque temps encore, je devrais accepter de ne pas exister pour cette femme, alors qu'elle remplissait ma vie.

Une fois entrée dans le château, Eddie s'était avancée dans le corps principal avec une sorte de pudeur. Je l'avais entendue marcher au rez-de-chaussée, flâner de pièce en pièce, s'attarder dans le séjour puis s'éloigner vers l'aile ouest, du côté où le soleil donnait. Mes pas avaient fait craquer le plancher un étage au-dessus, tandis que je me déplaçais avec elle.

C'était la première fois que nous marchions ensemble.

Depuis ce jour, j'ai veillé chaque nuit pour qu'il ne lui arrive rien, car tout le bourg savait déjà qu'une Française résidait là-haut, seule, sans attaches, et que personne ne se soucierait d'elle, s'il lui arrivait malheur…

J'ai hanté les murs du château jour et nuit, écouté son sommeil et mis mes pas dans les siens, ne redescendant par les tunnels qui reliaient le château à notre maison pour me nourrir ou me reposer que lorsqu'elle descendait au village. J'ai dû ruser pour retourner dans l'aile ouest, quand elle a bloqué la porte d'accès à ce qu'elle nommait la galerie des quatre vents, et ruser encore lorsqu'elle l'a cadenassée après avoir trouvé les romans que j'avais bêtement (ou inconsciemment) oubliés dans le pigeonnier.

En l'espace de quelques semaines, je suis devenu le fantôme du *castello* d'Eddie, ne dormant que le jour et pâlissant à vue d'œil.

Je ne vivais que pour ces instants où nous étions si proches que je pouvais sentir son odeur, quand elle se tenait dans l'obscurité, sa torche en main, et qu'elle parlait aux ténèbres pour apaiser sa peur.

À ce petit jeu, j'ai failli me faire prendre plusieurs fois, ne m'en tirant que d'extrême justesse, le cœur à bout de forces. Et à force de hanter la nuit, j'ai perdu le goût pour le repos, même dans la journée. Ma silhouette est devenue sèche, mon visage s'est creusé de cernes. Si bien qu'Alvaro, très inquiet, m'a posé cet ultimatum, alors qu'Eddie explorait les tunnels de son *castello* en quête d'un trésor :

— La vie, c'est comme une grande partie de poker, le Petit. Mais le temps du bluff doit s'achever. En conséquence, soit tu vas trouver mademoiselle pour lui faire part de tes projets la concernant, soit c'est moi qui m'en charge !

Alvaro avait-il raison de me menacer ?

Bien sûr qu'il avait raison ! J'avais remué le ciel et la terre pour amener Eddie jusqu'à moi, à presque la toucher. Et depuis des jours, des semaines, je demeurais silencieux, inconnu d'elle, inexistant. Tous les efforts consentis ces dernières années seraient vains si j'échouais.

C'était vrai, et c'était d'ailleurs ce qui me retenait.

D'ordinaire, et en toute autre circonstance, j'aurais été volontaire, tranchant, culotté. Mais là, en remontant le chemin qui conduisait au château, j'avais le sentiment de marcher vers l'échafaud.

Le jour J, on y était. Et je ne me sentais pas préparé, ou trop, ou à côté de la plaque. Dans la tête, le chaos, dans les jambes, de la guimauve, et les mains secouées de tremblements.

Je suis arrivé dans la cour dans un état pitoyable. Blanc comme un linge, selon la belle psyché récupérée dans la chambre de l'aubergiste, une mine à faire peur. Et j'ai songé : *Ce n'est pas dans un état pareil que tu vas faire des ravages !*

Des ravages, comme si j'en étais là !

Le supplice s'est prolongé avec l'attente. Le bâtiment était désert, l'atelier aussi. Aucune trace d'Eddie.

Le temps a ralenti, à presque s'arrêter.

J'ai décidé de poursuivre mes recherches dans les anciennes cuisines que mon ange était en train de rénover, quand les miaulements lointains d'un chat m'ont attiré dans les sous-sols. Équipé d'une torche, j'ai suivi l'animal dans le dédale que je connaissais bien. Mes appels restaient sans réponse, et je progressais dans les souterrains, de plus en plus inquiet.

Aux traces sur le sol, j'ai compris qu'Eddie avait découvert la salle de la source, et j'eus un mauvais pressentiment en accédant à l'ancienne nécropole romaine sur laquelle avait été bâtie notre maison. Au-dessus de ma tête, Alvaro devait attendre mon retour en fumant un de ses cigares des grandes occasions.

Le chat en a profité pour filer par un passage où j'ai découvert un trou béant au sol au milieu de planches rafistolées. Jamais je n'avais imaginé qu'Eddie parviendrait jusqu'ici !

Mon cœur a explosé dans ma poitrine : se pouvait-il que je l'aie tuée par négligence ?

Je me suis précipité et, dans le rayon de la torche, j'ai vu mon ange.

Bien vivante.

Eddie a levé son visage vers moi, ses yeux étaient fiévreux et, sur ses joues poussiéreuses, ses larmes avaient abandonné deux traces luisantes.

Toute peur m'a quitté. Je n'ai rien dit parce que je n'ai pas su quoi dire, mais je suis allé dare-dare chercher une corde dans la maison, que j'ai nouée autour de l'un des piliers de la nécropole, pour descendre jusqu'à elle.

— Vous êtes blessée ?

Mon ange est restée sans voix, secouant la tête comme une petite fille, les escarpins rouges de GiuGi serrés contre elle.

Quand nous sommes parvenus dans la nécropole, Eddie tenait à peine debout, aussi l'ai-je soulevée dans mes bras pour l'emporter au château. Le chemin était bien plus long que pour se rendre chez Alvaro, mais j'imaginais qu'elle serait mieux chez elle et, surtout, je n'avais pas le cœur à lui cracher le morceau là, maintenant.

— Ça va aller, ai-je répété comme un mantra, jusqu'à ce qu'elle soit installée sur le vieux canapé club de Giuseppe.

Je lui ai apporté un verre d'eau, qu'elle a avalé d'un trait en hoquetant à la manière d'un naufragé du désert.

— Doucement, n'allez pas vous noyer.

Elle a enfin souri, en me regardant comme j'avais toujours rêvé qu'elle me regarde.

Puis elle a posé son verre et s'est jetée dans mes bras.

Ses lèvres ont cherché les miennes, les ont trouvées. Et je n'ai rien opposé. Démuni, désemparé, le cœur essoré comme dans une lessiveuse. Envie de rire, de me cacher, d'être un géant, un enfant – *profite, Joseph Mandrain. Depuis le temps que tu attends ce moment !* –, envie d'avoir tous les droits, envie que l'été s'installe à jamais, envie d'aimer, et surtout d'être aimé, parce que j'y avais droit et que j'avais bossé comme un fou pour qu'Eddie soit ici, dans mes bras, parce que sa langue avait le goût du paradis dont je rêvais et que nous nous embrassions encore et encore, ensorcelés, grisés par la magie de cet endroit.

Merci, Fati !

Quand nos lèvres se sont descellées, elle m'étreignait de toutes ses forces, et je lui rendais sa fougue au centuple.

Affolé.

Tout à l'heure, tu devras lui expliquer que cette maison n'est pas à elle. Comment tu vas faire ?

Jamais je ne pourrais lui avouer que je l'aimais depuis mes dix ans. Mon amour perdu dans l'immensité de Paris, seule au milieu de millions d'anonymes.

Pourtant, mon histoire, notre histoire était belle !

Putain, profite et ferme ta gueule !

Et par quel trésor d'invention devrais-je passer pour lui raconter son passé, ses parents, le voilier, le projet imminent de partir en famille autour du monde, la mort par empoisonnement, la vie à côté de son destin parce que la chance n'avait pas été au rendez-vous ?

C'était maintenant ou jamais… la vérité tout de suite, avec des conséquences incalculables, ou le mensonge pour toujours, car Eddie ne me pardonnerait pas, dans une semaine, un mois ou un an, que je lui aie menti depuis le début.

Je le savais, mais j'en étais incapable.

Au lieu de me lancer dans le vide, alors qu'elle levait ses grands yeux vers moi, ravissante, reconnaissante et déjà gourmande d'un autre baiser, j'ai enfilé le costume du notaire – elle ne connaissait que lui – et j'ai bafouillé :

— Vous auriez quand même pu m'appeler sur mon portable. J'ai failli m'inquiéter pour vous !

32

Les yeux de Monsieur X brillaient tandis qu'il me répétait combien il s'était inquiété, et je le trouvais si craquant que je ne pus m'empêcher de l'embrasser à nouveau. Après tout, j'avais failli mourir, il était mon notaire et il était responsable de mes biens. Et de toute façon, il mettait mes hormones dans un tel état d'ébullition que j'étais bien incapable de lui résister.

J'ignore si c'est lui venant me retrouver en Italie qui me faisait cet effet-là, le *castello* et ses fantômes ou le bruit des branches du tilleul qui grinçaient contre les vitres, mais je fis ce que je n'avais pas osé lors de notre première rencontre : je grimpai crânement à califourchon sur ses genoux. Cette fois, il n'était pas question que je rate l'occasion, Monsieur X était bien trop à mon goût avec son front hâlé, ses épaules qui tendaient le tissu de sa chemise, sans compter le renflement de son pantalon.

Je ne crois pas qu'il me trouvait belle et con à la fois, j'ai même la sensation qu'il avait peur de me casser et qu'en lui une sacrée bataille faisait rage. Devait-il ou non céder aux avances de sa cliente ?

Je ne le croyais pas coutumier du fait, cet homme semblait pudique et m'avait résisté à plusieurs reprises. Là encore, il paraissait partagé, répondant avec passion et retenue à mes baisers, et je sentis que, si je ne prenais pas les choses en main, il m'échapperait comme une anguille entre des doigts mouillés, malgré son désir.

Il y avait certainement une éthique chez les notaires. Mais moi, je m'en fichais !

Sois honnête, tu as juré de tenter le bonheur avec lui !

Oui, mais s'il ne veut pas de toi ?

Je chassai aussitôt les pensées parasites qui envahissaient mon esprit d'images toutes plus hideuses les unes que les autres, et me concentrai sur ses lèvres.

Oui, les lèvres de Monsieur X étaient ourlées, pulpeuses à souhait, et ses canines pointues, sur le côté de son sourire, sexy en diable. Sans parler du goût de sa salive, où traînait un fond de café, et de l'odeur de sa nuque, que je mordillais entre deux baisers.

Il avait envie de moi, et moi de lui, alors pourquoi ne pas nous envoyer en l'air ? On verrait bien demain. De toute façon, il n'était pas venu jusqu'ici pour me demander en mariage, mais bien pour régler la paperasse, et peut-être me dissuader d'accepter la succession.

Il resterait quelques jours, nous en profiterions pour nous donner du plaisir, et j'avais hâte de le voir me regarder à sa façon, quand je lui annoncerais que, malgré tous ses arguments, j'avais déjà décidé de rester.

Me trouverait-il toujours belle et con ? Parce qu'à la différence de notre première rencontre, où il était de l'autre côté de son bureau, là, il avait une main sur mes seins et l'autre timidement glissée entre l'étoffe de ma culotte et mes fesses.

Oh comme j'aimais cette retenue, et cette envie si impérieuse qu'il tentait de réfréner pour je ne sais quelle raison.

L'éthique, vraiment ?

— Je suis consentante, Monsieur X, lui glissai-je à l'oreille, cent pour cent lucide et consentante.

Il m'embrassa à son tour et s'enhardit. Le canapé grinçait sous notre poids et ses couinements nous firent rire. Qu'il était bon de s'abandonner dans les bras d'un homme !

Oui, mais dans une heure, il sera toujours là. Qu'est-ce que tu vas lui raconter ?

Oublie, il sent bon, et il te regarde comme si tu étais une princesse.

T'as déjà vu une princesse ?

Chut, tais-toi !

Monsieur X n'était pas une de mes conquêtes d'un soir, et c'était la première fois que je m'engageais de façon aussi intime avec un homme avec lequel j'avais déjà parlé, même s'il ne s'agissait que de généalogie, de terrains et de cadastre.

Mais je chassai une nouvelle fois mon petit diable, celui qui voulait m'empêcher de voler un peu de bonheur, pour une fois que j'en avais envie, et j'ôtai dans la foulée mon pull et mon pantalon, puis je l'aidai à se déshabiller.

Waouh…

Mon aigle ébouriffé avait les joues rosies et les lèvres gonflées par nos baisers, et, pour un notaire, il était sacrément bien fichu. Dehors, le soleil était passé derrière les collines, et je compris que nous nous embrassions depuis un long moment qui m'avait paru si bref que je crus avoir rêvé.

Alors, je l'embrassai encore, imaginant que, lorsque je relèverais la tête, ce serait le matin !

J'étais brûlante de désir et je ne rêvais que de m'empaler sur lui. Pourtant, je n'arrivais pas à m'y résoudre, pas envie que l'instant s'arrête, et je crois que lui non plus. Ma connaissance des hommes me laissait penser que Monsieur X était un gentleman, héroïque qui plus est, et ses caresses, douces comme les ailes d'un oiseau, me procuraient un plaisir inouï. Sa langue, partout sur ma peau, sa bouche contre la mienne, régulièrement, puis son corps contre le mien.

La première fois, j'avais rêvé de me faire trousser par lui sur le coin de son bureau, à la sauvette, et je me félicitais aujourd'hui qu'il ait résisté à mes avances. Le vieux canapé de mon *castello*, qui grinçait toujours à fendre l'âme, était bien plus confortable ! Et ici, chaque moellon, chaque poutre et chaque tuile était témoin de nos amours, et j'aimais ça.

Nous aurions pu continuer à nous embrasser des jours durant, si nous n'avions pas été que des humains, mais il arriva un moment où il fallut conclure, et ce moment arriva, tout naturellement.

33

Voluptueusement emmêlés sur le canapé, nous regardions le plafond. Il faisait un peu frais et, couvert de la sueur de nos ébats, j'avais la chair de poule. Jamais je n'avais été aussi heureux et malheureux à la fois. Les yeux perdus sur les nœuds du bois qui piquaient les poutres par endroits, je me figurais de drôles de créatures qui nous observaient. Autant d'anges envoyés par le ciel, Fati, ma mère, Noémie ; les femmes de ma vie étaient au paradis.

Moi aussi.

J'aurais pu demeurer enlacé à Eddie jusqu'à la fin du monde, à écouter le calme de sa respiration, là dans mon cou. L'air, en glissant à l'intérieur de ses narines, sifflait, imperceptible.

— Qu'est-ce qui vous a décidé à venir ? m'a-t-elle demandé, rompant un silence auquel je goûtais autant qu'au son de sa voix.

Elle avait continué à me vouvoyer, même pendant que nous faisions l'amour, et j'avais trouvé cela si touchant que j'avais eu la délicatesse de l'imiter. Puis, j'avais compris que cette pudeur n'était qu'une conséquence de sa peur d'être aimée. Et à présent, j'espérais que cette particularité entre nous, ce ton suranné qui s'accordait si bien à l'ambiance de cette pièce, nous lierait pour toujours.

— Je vous l'ai dit, ai-je répondu, je m'inquiétais.

— Et vous m'avez trouvée comment ?

— Un chat qui vous veut du bien.

— Vous le voyez aussi ! Je n'étais pas certaine que Vladimir soit réel.

De nouveau, le silence nous enveloppa. Je n'osais pas parler, les mots parfois ne servent à rien. Pourtant, cette histoire de chat m'intriguait, et j'en aurais bien appris davantage. Jamais au cours de mes précédentes visites au château je n'avais croisé l'animal. Il semblait être sorti de nulle part pour m'indiquer le chemin vers mon ange. Au mieux s'agissait-il d'un descendant de l'illustre compagnon du couple – je dis « illustre » car j'en connaissais l'existence à travers les lettres que Giuseppe écrivait à sa belle, lorsque ses affaires l'emportaient loin de leur maison, et les articles de presse où le chat posait avec ses maîtres –, au pire, Eddie et moi étions victimes de la même hallucination. Ce qui n'était pas pour me déplaire.

— Avez-vous remarqué que ce drôle de matou partage son nom avec quelques célébrités ? m'a-t-elle demandé. Joueur d'échecs, compositeur, politicien… à vous de les trouver !

Eddie s'était redressée, et un grand sourire illuminait ses traits.

— Vladimir Poutine, ai-je commencé, Lénine, Cosma… il y a aussi un écrivain, Volkoff. Par contre, je ne connais pas le joueur d'échecs…

— Vladimir Horowitz. Passons à votre prénom, a proposé Eddie. Vous êtes d'accord ?

— Les Joseph sont nombreux…

— D'abord, il y a mon réalisateur préféré, Joseph Mankiewicz. À vous !

— Staline.

— Haydn.

— Joffo.

— Fiennes.

— Goebbels.

— *Brr*… Joffre.

— Hum… Kabila.

— Staline.

— Déjà dit, vous trichez !

— Attendez… Kessel ! Joseph Kessel. Il y en a trop ! Cherchons plutôt les Eddie célèbres.

— Mitchell et Murphy… et c'est tout ! Vous êtes un oiseau rare !

J'aimais nos échanges spontanés, bouleversé par le sentiment qu'on se connaissait depuis toujours. Et voilà que, pour compléter cette scène idéale, ses doigts glissaient sur les miens. Je mourais d'envie de le faire depuis le début, mais la prudence m'avait guidé, ou empêché, ou les deux à la fois. Se prendre la main, c'est la marque des amoureux, non ?

L'éclat de rire qui s'est échappé de la gorge d'Eddie m'a décontenancé. C'était à croire qu'elle lisait dans mes pensées et se moquait de mes atermoiements.

— Vous vous rendez compte que, dans la même journée, j'ai manqué mourir dans les oubliettes de mon *castello*, fait l'amour avec mon notaire, joué à des jeux de gamins, et maintenant je vous prends la main comme une midinette ! La vie est bizarre, non ?

— La vie est belle.

Eddie n'a pas commenté ma remarque, et cela m'a glacé. D'autant que ses doigts ont lâché ma main sans y revenir.

— C'est toujours un peu gênant après, quand on ne se connaît pas…, a-t-elle dit dans un bâillement, son visage niché au creux de mon épaule. On se croit obligé de dire des choses agréables, alors que ce n'est pas la peine.

Je n'ai pas fermé l'œil, appréciant ce moment tant de fois imaginé dans la solitude de ma vie sans elle, et jouissant du plaisir simple d'être un homme heureux. Mais j'avais beau tenter de me convaincre que j'étais un veinard, que lorsque les choses sont si naturelles entre deux êtres, il suffit de se laisser couler vers le bonheur, une petite voix me soufflait une autre chanson, bien plus triste, et qui disait : « C'est avec le notaire que la demoiselle a joui ce soir, pas avec toi, tricard ! »

34

Au réveil, j'eus quelques difficultés à me rappeler où j'avais dormi, puis j'ouvris un œil et découvris que ma main était posée sur le sexe de mon notaire et ma joue écrasée contre son torse. Je lui avais bavé dessus, alors je l'essuyai vite fait et me levai en prenant garde de ne pas le réveiller.

L'esprit en joie, j'enfilai mes vêtements et filai à l'atelier où je récupérai café, percolateur, moulin et tasses.

Pas question que je passe pour une mauvaise hôtesse !

Quand je revins dans le salon, Monsieur X dormait encore. J'installai le nécessaire pour faire un café, puis je me plantai au bout du canapé pour le regarder, résistant à l'envie de l'embrasser et de lui sauter dessus ; c'était vrai qu'il était sexy dans le sommeil, mon aigle ébouriffé.

— Habillez-vous, monsieur mon notaire avec qui je viens de passer la nuit ! clamai-je après un moment. Vous buvez quoi le matin, du café ? Remarquez, je n'ai que ça à vous offrir !

Je n'attendis pas de le voir se réveiller et retournai dans la cuisine. Ce moment où les paupières vous collent et où vous avez la bouche pâteuse, je n'aimais pas le partager et je supposais que lui non plus.

— Et si on descendait au village ensemble ? On pourrait déjeuner chez Amaretto ! Ça vous dit de visiter les environs, vous avez une voiture ?

Forcément qu'il a une voiture, débile, il serait arrivé comment, sinon ?

Je me tus, essoufflée et les mains tremblantes comme si j'avais couru. Qu'est-ce qui me prenait d'être aussi quiche ?

T'as jamais passé la nuit avec un homme, voilà ce qui te prend !

Mince, tonton ! T'as raison !

J'attendis, devant mon percolateur, que la voix de Monsieur X me sorte de ma torpeur.

— Oui, j'ai une voiture, murmura bientôt celle-ci dans mon cou. Mais elle est garée au village, je ne suis pas équipé pour les chemins. Oui, poursuivit-elle en me provoquant des tsunamis de frissons de la tête aux pieds, nous pouvons déjeuner chez Amaretto, même si je ne sais pas qui c'est. Et oui, acheva-t-elle avec un sourire que je n'eus aucun mal à percevoir, ça me dit de visiter les environs avec vous.

Je me retournai brusquement. Il était devant moi, à moins de trente centimètres, je dis trente parce que cela me vient comme ça et que je pense que c'est la distance qui nous séparait. Il suffisait qu'il se penche pour m'embrasser, ou que je me hisse sur la pointe des pieds pour l'embrasser. J'en avais envie, je crois que lui aussi et…

— Vous êtes beau quand vous dormez, marmonnai je en me tournant vers le percolateur. Vous le voulez *ristretto*, *expresso* ou *lungo* ?

Idiote !

Mon aigle ébouriffé s'écarta de moi pour m'aider à faire les cafés. En réalité, il les prépara lui-même, car j'étais incapable de connecter mes mains et mon cerveau.

Et pendant qu'il buvait le sien attablé, je demeurai près du percolateur, raide comme un piquet, paralysée par une timidité que je ne me connaissais pas.

Alors, pour donner le change, je me mis à lui poser mille questions sur la succession en cours, à m'inquiéter faussement de la longueur de la procédure, à le relancer sur le travail réalisé par le généalogiste qui avait permis d'établir ma filiation avec les Giangrandi, alors que je n'en avais rien à ficher. Tout ce qui m'importait, c'était de trouver un moyen pour qu'il reste ici, au *castello*, avec moi, le plus longtemps possible.

— Est-ce que ça signifie que vous avez décidé d'accepter cet héritage ? me demanda-t-il quand j'eus fini de l'accabler de paroles sans queue ni tête.

— Oui.

— Je dois vous alerter sur les droits, qui seront élevés.

Mon notaire au cul rebondi avait l'air soucieux de mon bien-être, et j'aimais ça. J'aurais même adoré être sa seule cliente, son seul tourment, là maintenant et pour toujours.

Et s'il s'en va demain ?

Tais-toi !

— J'ai mis mon appartement en vente, lui annonçai-je, ça me permettra de voir venir.

— Ne foncez pas bille en tête…

— J'ai déjà signé une promesse de vente.

— Vous avez fait quoi ?

Je souris, heureuse de constater qu'il prenait mon dossier très au sérieux. Peut-être serait-il obligé de rester ici pour réparer mes bêtises ?

— J'ai dit quelque chose de drôle ? a-t-il demandé en s'approchant de moi pour m'enlacer.

J'eus l'impression d'être un chamallow qu'on faisait griller.

— Non ! lui répondis-je en souriant d'un air béat. Mais j'ai l'impression d'être une parfaite idiote à vos yeux, et j'adore ça !

35

Le petit déjeuner expédié, Eddie m'a fait visiter le château, sa maison. Elle était enthousiaste sur tout, des oliviers qui ombrageaient sa colline à l'atelier de Giuseppe, de l'escalier à vis monumental aux cuisines, de la cour où reposaient « ses aïeux » aux pensionnaires du pigeonnier. Elle avait de grands projets pour cette demeure, la transformer en maison d'hôtes, en centre de conférences, en musée ou en lieu de création. Jusqu'alors, Eddie n'avait jamais vibré pour un quelconque projet, et aujourd'hui, elle n'avait pas de mots assez forts pour décrire le tournant que prenait son existence.

— Vous comprenez, vous m'écoutez ?

— Bien sûr, bien sûr.

À vrai dire, j'écoutais distraitement. L'annonce de la vente de l'appartement de Montmartre m'avait bouleversé. Mes mensonges prenaient de plus en plus d'importance et impliquaient des conséquences calamiteuses. Si Eddie concluait la vente, elle n'aurait bientôt plus de toit à elle.

Évidemment, j'avais dans l'idée de la couvrir d'or le reste de sa vie, mais une petite voix me mettait en garde : quelle serait sa réaction si elle apprenait la vérité ?

Quand elle apprendra la vérité !

… à moins que je ne fasse en sorte que cela n'arrive jamais.

En attendant, je devais la pousser à renoncer à la vente ; elle risquait de se voir réclamer des dommages et intérêts. Il était nécessaire qu'Eddie reste maîtresse d'elle-même, quoi qu'il m'en coûte !

— Vous m'avez demandé à deux reprises des précisions sur les droits de succession et… je dois admettre que votre engouement pour la propriété me pose un problème cornélien.

Eddie a senti mon embarras et a entremêlé ses doigts aux miens, comme la veille. Et j'ai failli manquer de courage.

— Vous saurez me conseiller, n'est-ce pas ?

— Hélas, il s'agit de droit, et l'on ne peut rien lui opposer dès lors qu'il a raison. Je vous l'ai déjà dit, votre arrière-grand-oncle Giuseppe est votre parent au troisième degré, ce qui porte les droits de succession à cinquante-cinq pour cent.

Les yeux rivés aux miens, Eddie a fait oui de la tête, avec un pâle sourire accroché au coin des lèvres.

Je devais achever mon ignoble tâche.

— Or la propriété est estimée à huit cent mille euros par le fisc italien. Les droits dont vous devrez vous acquitter s'élèveront en conséquence aux alentours de quatre cent quarante mille euros. La vente de votre appartement ne suffira pas, il vous faudrait contracter un prêt et aucune banque ne vous l'accordera.

Dans les yeux d'Eddie, il y a eu comme une absence.

Soudain, elle n'était plus avec moi, dans ce pigeonnier où nous nous étions attardés. Son esprit calculait l'impossible, sans doute.

— Vous m'aiderez à monter un dossier pour la banque, a-t-elle déclaré. Et s'il le faut, je reprendrai mon travail de traductrice. Il n'y a pas Internet ici, mais je trouverai une solution. Pour rien au monde je ne quitterai mon *castello* !

36

L'annonce de Monsieur X faillit ruiner mon enthousiasme, mes rêves et tout ce que j'avais pensé accomplir ici, même si la plupart des projets dont je lui avais parlé n'existaient que dans mon imagination, et je dois le dire, pour l'épater.

Je n'osais envisager la vie d'un notaire exerçant à cent mètres de l'Arc de triomphe. Il avait un charme fou, devait être très riche, convoité, à la tête d'un réseau hallucinant, maître de clients prestigieux, genre musiciens, footballeurs et hommes d'affaires, amant de femmes toutes plus belles les unes que les autres, des brunes racées en Louboutin, capables d'être élégantes avec une création stupide de chez Jean-Paul Gaultier. Il devait payer avec une carte de crédit Black infinite de chez BNP ou que sais-je, posséder des actions à la Bourse, des placements dans des paradis fiscaux, alors pourquoi viendrait-il s'enterrer au fond du trou du cul du monde avec une petite Eddie Trucmuche, traductrice de modes d'emploi pour capotes et héritière d'une ruine à huit cent mille euros ?

Huit cent mille ! Haha !

Une paille pour un homme comme lui !

Comme je ne savais plus quoi dire pour ne pas paraître stupide – les Parisiennes du XVIIe me faisaient tellement d'ombre que je me sentais ridiculement inintéressante –, je lui racontai en vrac des histoires de fantôme, de serrures neuves, de poinçon, de rôdeurs, de voleurs qui convoitaient la ferme et les terrains, et j'affirmai tout de go qu'il s'agissait de mon voisin, Alvaro Franchini, et de son complice, un prétendu fils parti faire le tour du monde, mais qui grimpait chez moi par la fenêtre de la cuisine pour lire *Gatsby le magnifique* dans mon pigeonnier et me parlait derrière les portes de salle de bains.

— Et s'il se préparait à me violer, me découper en tronçons, ou pire ?

— Vous ne pouvez pas accuser sans preuve, me gronda Monsieur X avec un sourire un brin moqueur, et je n'en crus pas mes oreilles.

Puis je réalisai que mon attitude de foldingo retranchée au sommet de sa colline ne devait pas inspirer confiance.

— J'ai des preuves, protestai-je, elles sont chez le voisin.

— Eddie, pour les produire, il faudrait admettre que vous avez pénétré chez ce monsieur par effraction. Ce qui pose un problème, vous ne croyez pas ?

— J'ai récupéré les chaussures rouges de Giuseppe. Si ce n'est pas une preuve, je ne sais pas ce qu'il vous faut !

Monsieur X sembla réfléchir. Il avait l'air embarrassé, mais désireux de me tirer de ce mauvais pas.

Quel gentleman !

— Bien, me proposa-t-il. Je vais aller trouver ce voisin, nous allons nous arranger entre hommes. Qu'en dites-vous ?

Je me jetai dans ses bras pour l'embrasser, et plus si affinités.

Franchement, que pouvais-je faire d'autre pour le remercier de prendre si bien soin de moi ?

37

— Pas de panique, le Petit, m'a aussitôt dit Alvaro, tu n'as qu'à enfiler le costume du notaire jusqu'à la fin de ta vie ! Tu prétendras vouloir prendre ta retraite parce que tu en as ta claque des Parisiens. Il n'y a pas à tortiller, a-t-il ajouté avec flegme, en tirant sur son cigare des grandes occasions.

J'étais dubitatif, mais j'avais besoin de me raccrocher à l'espoir que tout n'était pas fichu. Pourquoi n'avais-je pas eu le courage de tout avouer à Eddie quand nous nous étions retrouvés ? Au moins, elle n'aurait pu m'accuser d'avoir abusé d'elle juste pour la mettre dans mon lit.

— C'est trop tard pour les remords, a insisté Alvaro. Tu l'as eue, ton Eddie, t'as encore envie d'elle après toute une nuit et, d'après ce que tu ne m'as pas dit, elle aussi. Alors réjouis-toi ! Tu aurais pu être déçu, ne pas aimer son odeur ou que sais-je encore ! C'est pas vrai ?

— C'est vrai.

— Alors c'est du tout cuit ! Tu lui diras que tu lui avances l'argent pour payer les frais de succession, afin qu'elle ne perde pas son château, et dans six mois, tu lui offres un diamant, tu lui demandes de t'épouser et elle aura tout oublié puisque vous vous aimerez comme des fous !

Jamais Eddie n'accepterait que je lui prête de l'argent, je devais m'arranger pour qu'elle puisse « payer » des frais imaginaires et se croire réellement propriétaire de son *castello*. J'étais même prêt à contacter autant de faussaires qu'il serait nécessaire pour qu'elle possède un acte de propriété en bonne et due forme, qu'un vrai notaire, bien intentionné et grassement rémunéré par nos soins, enregistrerait au cadastre, au fisc et partout où ce serait indispensable. Et l'histoire du diamant me donnait une idée encore plus romanesque, et moins risquée.

Mon ange rêvait de trouver un trésor dans les souterrains de son domaine, et, de trésors, nous ne manquions pas ! Nous n'avions pas eu l'inconscience de confier aux coffres des banquiers le fruit de nos innombrables larcins.

Les sous-sols de la maison et de la colline en regorgeaient, répartis dans différentes planques, dont une se trouvait dans la salle où Eddie avait malencontreusement chuté la veille.

J'ai profité de la corde, toujours accrochée à la colonne, pour y descendre et fourrer une centaine de pièces d'or dans un sac. Puis, j'ai récupéré les affaires de Giuseppe qui restaient dans le coffre de la mezzanine et, enfin, j'ai rejoint Alvaro sur la terrasse.

— Tu veux bien faire quelque chose pour moi ?

— Toujours, le Petit. Dis-moi.

— Dans les murs de la nécropole, il y a des poteries scellées. J'aimerais que tu y caches ces pièces.

— Tu vas encore mentir à ton Eddie, pas fameux comme idée !

— Tu ne m'as pas proposé de prendre ma retraite de notaire il y a dix minutes ?

— Rien à voir !

— Fais-le, c'est le seul moyen !

— Si tu y tiens, soupira Alvaro. Dis aussi à ta belle que son voisin aimerait se faire pardonner pour la frayeur qu'elle s'est faite dans ma cave. On a des ouvriers la semaine prochaine, je peux les lui envoyer, si elle le souhaite.

— Merci, je te revaudrai ça.

— Tu t'installes au château ?

— Au moins le temps qu'Eddie voudra de moi.

38

Nous sommes restés au *castello*, remettant mes envies de tourisme et de déjeuner à l'auberge à plus tard, heureux prisonniers d'un seul désir, celui de profiter de la beauté des jardins, de la douceur du soleil, des parfums du vent, et, j'aime à le croire, de la compagnie de l'autre.

Chaque minute passée avec Monsieur X relevait du roman idéal.

Il était allé défendre mon honneur chez Franchini, en était revenu avec les affaires de mon tonton Giuseppe, des excuses et même des ouvriers gratuits pour m'aider à avancer dans les travaux !

Oui, c'était mon prince charmant…

T'es maboule ou quoi ?

… et je commençais à redouter le moment de son départ.

Au fond de moi, je savais que je n'étais qu'une agréable récréation pour cet homme qui devait avoir le Tout-Paris à ses pieds. Bientôt, mon aigle ébouriffé retournerait dans son étude rue Anatole-de-la-Forge et m'oublierait.

Alors, comme une autruche ne se refait pas, je plongeai la tête dans le sable et décidai de profiter à fond de tout ce que mon corps m'apportait de jouissance et de bonheur, quand il était contre le sien.

Le plaisir avant tout !

39

Le lendemain, je me suis réveillé dans le même état de bonheur que la veille. Après une journée idyllique, passée sous le chêne aux sorcières à se câliner, bercés par le chant des carillons, nous sommes rentrés au coucher du soleil nous préparer un léger repas à l'italienne : légumes grillés, parmesan et jambon de Parme, en feuilletant des magazines où figuraient Giuseppe et Philomène, puis le reste de la soirée et une partie de la nuit, nous avons fait l'amour, lentement, inlassablement.

Eddie s'est endormie dans mes bras, et je l'ai veillée, m'enivrant de l'odeur de ses cheveux, des bruits du château, de celui du vent dans les arbres et sous les tuiles, du grattement infime des rongeurs se déplaçant le long des murs, du crissement des feuilles sur le dallage et des hululements d'oiseaux nocturnes que d'ordinaire j'aurais jugés sinistres.

Chaque son me plaisait, me pénétrait. Ils étaient là, les murmures de ma vie. Je voulais les absorber dans chaque fibre de mon être, tendre l'âme pour les capter, en faire une part de moi.

Ils représentaient ce que j'avais toujours voulu être.

Et aujourd'hui je sais qu'ici, dans ce château qui ne m'appartient plus que sur le papier, et qui sera à jamais, pour moi, le *castello* d'Eddie, j'ai vécu l'incarnation de la plénitude.

40

Monsieur X m'avait dit qu'il ne resterait que quelques jours, le temps de régler la paperasse, or le temps passait, il n'avait toujours pas réglé la paperasse, et tant mieux.

Je ne cherchais pas à savoir pourquoi il tardait, ou s'il se heurtait à des difficultés administratives. L'autruche joyeuse gardait la tête bien au chaud dans le sable pendant que son corps exultait et que les cactus de son jardin fleurissaient de piquants souvenirs.

La vie au *castello* coulait au rythme du soleil, des travaux et de la préparation des conserves pour l'hiver. Les ouvriers promis par M. Franchini s'affairaient à restaurer les anciennes cuisines, d'autres créaient une installation électrique digne de ce nom et les derniers s'attaquaient au gros œuvre.

Là non plus, je ne posai pas de questions. Monsieur X avait pris les choses en main et semblait heureux de le faire. Il avait sympathisé avec notre voisin et, je le crois volontiers, mis la main à la poche pour que l'atelier du *castello*, où nous dormions ensemble chaque nuit dans le petit lit d'une place et demie, soit confortable cet hiver.

Je n'arrivais pas à me résoudre à habiter le corps principal, l'antre de Giuseppe et Philomène, et je n'avais pas non plus déterminé ce que je comptais en faire. Allais-je restaurer l'endroit à l'identique, l'abandonnerais-je au temps, comme l'avait fait Giuseppe, ou déciderais-je de moderniser cette aile ?

Mon indécision rendait la tâche des ouvriers délicate et complexe, l'atelier étant à l'opposé des cuisines, mais je ne transigeai pas, acceptant seulement qu'on répare le plafond de leur chambre, pour limiter les dégâts, et remette la cheminée en état pour éviter trop d'humidité en hiver.

Respecter l'appartement où s'étaient aimés Giuseppe et Philomène était important. Le salon aux teintes passées était aussi ce lieu magique où je les avais rencontrés, et où j'avais découvert le plaisir dans les bras de Monsieur X.

J'aimais m'y recueillir en solitaire.

La plupart du temps, je restais devant la psyché, cherchant à apercevoir dans le tain piqueté la silhouette de mes ancêtres. Et ce que je voyais dans le miroir me réjouissait chaque jour davantage. Il me plaisait d'admirer ce moi que je ne reconnaissais pas, cette femme aux yeux pétillants et aux lèvres rougies par des centaines de baisers, et je lui souhaitais secrètement d'être aussi belle le lendemain.

C'était, je crois, le seul vœu que j'étais capable de faire sans qu'une peur sans nom s'empare de moi. Je le formulais les doigts posés sur le pendentif de Philomène, suspendu à mon cou depuis que Monsieur X l'y avait accroché lui-même, arguant qu'il me revenait, puisque j'appartenais à ce lieu et qu'il m'appartenait.

Il ne me promettait rien, ne s'engageait pas. Je ne courais pas le risque de le perdre, puisqu'il ne s'était pas donné, et je ne craignais pas ses mensonges, puisqu'il ne me faisait pas de serments.

Nos vies étaient réglées comme du papier à musique.

Nous passions une partie de la nuit à nous aimer, la seconde à dormir, le matin, nous bricolions chacun de notre côté. Lui s'échinait à remettre en état la plomberie des parties principales, et moi, je jardinais et m'occupais du poulailler. Sur les conseils d'Amaretto, j'avais acheté une dizaine de poules chargées de nous ravitailler (ainsi que l'auberge) en œufs frais et de débarrasser la terre des nuisibles.

Chacune avait hérité d'un nom et je leur parlais en italien, au prétexte qu'une poule italienne devait être traitée comme telle, même si elle gloussait à s'y méprendre comme une poule française, ce qui faisait rire mon notaire, et j'aimais ça.

L'après-midi, nous travaillions ensemble à aménager l'atelier, à briquer, récurer, gratter, peindre, enduire, poncer, enduire et reponcer, tirer des câbles, percer les murs, etc. Et quand l'envie nous prenait, nous nous enfoncions main dans la main dans les souterrains de mon *castello*, à la recherche de fantômes et de trésors cachés. Souvent, nous étions accompagnés de Vladimir le chat, que nous étions les seuls à voir.

Mon adorable Monsieur X avait exhumé des archives régionales des documents relatant l'histoire de mon domaine depuis l'Antiquité. Ainsi, j'appris qu'un théâtre romain avait été bâti sur le versant exposé plein sud et qu'au pied de la colline, à l'emplacement de l'actuel village, se tenait une agglomération retournée à la terre.

Sans fouilles dignes de ce nom, nous devions nous contenter d'hypothèses sur l'origine de la statue surplombant la source. D'après ses recherches, il s'agissait de la représentation d'une déesse ou d'une nymphe liée à l'eau. Mais était-ce Feronia, Férentina ou Enilia ? Il se pouvait aussi que cette femme au serpent incarne la fertilité, la fécondité ou encore la protection, ce qui multipliait les possibilités à l'infini.

— *Nullus enim fons non sacer*[1], avait-il énoncé avec un rire charmant. Nous pourrons fouiller plus avant, si cela vous intéresse.

Oui, je voulais fouiller la colline, le *castello*, mais aussi sa bouche avec ma langue et ses cheveux avec mes doigts, je voulais le fouiller tout entier pour qu'il soit à moi pour toujours et que jamais il n'ait de secret pour moi.

1. Il n'y a de source qui ne soit sacrée.

Niveau 7

L'accident majeur provoque un rejet majeur
de substances radioactives
avec des effets considérables
sur l'environnement et la santé.

41

Il apparaissait clairement que le *castello* d'Eddie et la maison de Franchini avaient été érigés au-dessus d'une nécropole dont mon ange voulut tout connaître.

Là où beaucoup auraient estimé morbide de se promener, elle établissait des plans, réalisait des photos, examinait chaque recoin dans les moindres détails. Des humains avaient vécu ici pendant des millénaires et, en s'établissant là après eux, elle lançait comme une passerelle entre les générations séparées par le temps.

Qu'il y ait des kilomètres de couloirs enfouis sous ses pieds ne lui faisait pas peur. Au contraire, pour elle, c'était rassurant de savoir que les fondations du *castello* soient si anciennes. Et qu'il puisse rester des squelettes dans certaines niches oubliées lors des dernières fouilles, à la fin du XIXe siècle, lui paraissait une chance inespérée ! Un cimetière sans squelette, c'était comme une terre sans eau, ou un château sans trésor, ça ne servait à rien.

Eddie n'était-elle pas parfaite ?

J'avais décidé qu'il était temps de l'entraîner dans la salle aux poteries où Alvaro avait été chargé de planquer les pièces d'or. Les semaines défilaient, les acheteurs de l'appartement de Montmartre avaient eu leur prêt, et, bientôt, je ne pourrais plus différer le moment où il s'agirait de la « faire hériter ».

« Autant que possible, dis toujours la vérité, m'avait appris Fati. Ce qui ne tient pas compte des occasions où la vérité pourrait te nuire, faire de la peine alors que ce n'est pas nécessaire, quand ta vérité ne sert plus à rien, ou quand l'autre a besoin d'entendre un joli conte… Je crois que je n'ai rien oublié. Et si tu mens à ta femme, fais-le bien, parce qu'elle ne te pardonnera pas tes mensonges ! »

Sage Fati, si elle savait dans quel pétrin je me suis fourré avec mes nobles intentions ! Malgré mes talents de faussaire, d'escroc et de menteur, j'étais incapable de masquer des mouvements bancaires de cette ampleur depuis une ruine italienne, où le réseau semblait ne jamais vouloir arriver. Et puis il m'importait qu'Eddie découvre ce trésor. Quoi qu'il arrive, il lui donnerait les moyens de poursuivre son rêve au *castello*.

Cette salle avait la particularité de posséder une ouverture sur la falaise ouest, par où les oiseaux, qui nichaient dans les poteries scellées aux murs, allaient et venaient librement. Eddie l'appelait le pigeonnier antique, et probablement à raison.

— Vladimir !

Voilà que le chat, qu'aucun de nos ouvriers ne voyait jamais, apparut dans le rayon de nos lampes. Nous ne l'avions pas aperçu depuis des jours.

Alors que je tentais d'attirer l'attention d'Eddie sur la poterie où Alvaro avait déposé les pièces – en priant pour qu'elle ne remarque pas qu'on avait cassé la terre cuite pour libérer un passage –, elle gratouillait le museau du chat, juché sur une poutre, et lui demandait de lui indiquer le chemin vers le trésor.

À ces mots, Vladimir fila dans le boyau.

— Venez, il veut nous montrer quelque chose !

Eddie parlait souvent aux murs, aux arbres et à Vladimir, elle parlait aussi quand elle se croyait seule, devant la psyché, et ce qu'elle disait me rendait heureux. Ainsi était mon ange. Et moi, pauvre homme captivé par sa métamorphose, je n'aurais pas assez d'une vie pour la regarder vivre.

Cette ruine romantique avait ouvert son cœur, fendillé la carapace dont elle s'entourait depuis vingt ans. Elle ne souhaitait pas mon départ, je ne voulais pas partir.

Était-ce gagné ? Oui, je voulais le croire, et j'y croyais comme un fou.

Je la rejoignis dans une salle plus petite que nous n'avions pas encore explorée. Ses murs en briques de pierre d'Istrie étaient bas – je ne m'y tenais pas debout – et scindés en deux rangées de niches semblables à de petits fours. C'était un colombarium, comme celui de la première salle, mais plus ancien encore. Les poteries censées se tenir dans les alvéoles avaient toutes été réduites en poussière, à quelques exceptions près.

Vladimir miaulait, perché sur l'une d'elles. Il frottait sa tête triangulaire de matou bien gras contre la paroi.

— Vous pouvez éclairer le trou ?

Eddie était excitée comme une enfant et farfouillait dans la cavité en me racontant ce qu'elle ferait de l'argent qu'elle allait trouver ici, grâce à son chat famélique préféré.

Je compris alors que, non content de n'apparaître qu'à certains moments du jour, Vladimir le chat était malingre aux yeux d'Eddie et dodu pour les miens ! Moi qui ne croyais pas aux fantômes, pour avoir hanté le *castello* à de nombreuses reprises, m'amusais de cette différence de point de vue entre nous.

Parce que, bien entendu, il ne pouvait s'agir que de cela !

— J'ai trouvé quelque chose !

À ses cris, je me suis d'abord dit qu'Alvaro avait dû changer d'avis et cacher le trésor dans cette pièce – c'était plus raisonnable, à cause des traces qu'il avait laissées –, sauf que…

— Tenez, dites-moi si vous savez de quand elle date.

J'ai récupéré une pièce et l'ai examinée sous le rayon de ma lampe. Il ne s'agissait pas de mon trésor. J'avais choisi de lui offrir un mélange de louis, de doublons et de napoléons. Or Eddie et Vladimir avaient mis la main et la patte sur un véritable magot déposé là depuis des lustres.

Sur une face, la pièce présentait une couronne de laurier, sur l'autre, un portrait d'homme de profil et des mots en latin.

— Alors, c'est une vraie ?

— Sans doute. Et elle est très ancienne.

Prise d'un enthousiasme débordant, Eddie m'a montré ce qu'elle avait recueilli dans son pull retourné en besace. Une centaine de spécimens brillaient dans la lueur de nos torches.

— On ne peut pas tout garder pour nous, m'a-t-elle annoncé simplement, on va en donner la moitié au village. Les gens ne sont pas riches par ici. Sauf Alvaro Franchini, lui ne manque de rien.

De retour au château, Eddie les a étalées sur la table de l'atelier et s'est approchée de moi. Dans son regard, il y avait de la force, de la tendresse aussi, et ces sentiments mêlés firent déborder mon cœur.

— Joseph, m'a-t-elle dit, vous me portez bonheur, je ne vous laisserai jamais repartir d'ici !

Eddie ne m'avait jamais appelé par mon prénom, encore moins sur ce ton. Le bord de sa lèvre supérieure tremblotait et ses yeux brillaient plus que d'ordinaire.

Son baiser était si doux, son désir si puissant qu'elle vibrait contre moi, et moi, bouleversé, certain de posséder ce que j'espérais depuis mes dix ans, moi l'idéaliste indécrottable, le petit garçon devenu un homme sans avoir tout perverti, j'ai cru qu'elle me disait son amour sans oser prononcer les mots qu'on utilise d'ordinaire. Alors, les jambes en coton, la peau parcourue de frissons et l'impression que ma poitrine enflait à englober le monde, je lui ai dit que je l'aimais aussi.

Je l'ai sentie se figer. Et ses mains, qui s'étaient posées sur ma poitrine, l'ont quittée.

Un liquide glacé coulait à présent dans mes veines.

Face à moi, les yeux baissés, Eddie mordit ses lèvres, puis elle me regarda d'un air grave – Dieu que j'aimais cet air, malgré la trouille qui me paralysait – et me parla, de cette façon si particulière, en pesant chaque mot pour être précise et qu'ils reflètent au mieux sa pensée.

— Vous ne pensez pas ce que vous dites, Joseph. L'amour ne se décrète pas.

J'ai pensé : *Elle va en rester là, comme d'habitude quand ça devient douloureux pour elle*, mais elle a abandonné les pièces sur la table, puis s'est postée devant la fenêtre de l'atelier.

Il pleuvait ce jour-là. Elle était si proche du carreau que de la buée se formait à la surface du verre. Je la voyais de profil. Et je l'ai regardée, incapable de riposter au coup qu'elle venait de m'asséner.

— Désolée d'avoir été aussi brutale, a-t-elle poursuivi. Je ne m'attendais pas à ce que vous me fassiez une déclaration. Écoutez, nous nous connaissons à peine, et je vous aime bien, mais…

« Je vous aime bien. »

À qui dit-on ces mots ? Sûrement pas à son amour. On dit « bien » à celui qu'on ne veut pas blesser, mais on ne le pense pas. « Bien » évite de ne rien dire, mais c'est pire. Il vaut mieux se taire plutôt que de presque dire « je t'aime ». Ça vaut mieux, toujours.

J'étais mal à l'aise, et c'était le plus terrible des sentiments que je puisse connaître auprès de cette femme que je chérissais tant. Et je détestais l'entendre m'appeler Joseph avec cette distance-là.

Je détestais ce moment tout court.

Elle était retournée auprès de la table et continuait à me parler comme si de rien n'était, comme si nous n'avions pas vécu cet instant.

Je ne l'écoutais plus. L'homme que je suis avait besoin de s'entretenir un moment avec le petit garçon qui avait un gros, un très gros chagrin. Alors je crois avoir déclaré :

— Il faut que je récupère ma voiture au village. Depuis le temps, ils doivent penser que son propriétaire est mort.

Et j'ai quitté son château.

42

Voilà, tu croyais quoi ?

Je ne sais pas. Qu'on pourrait vivre ici pour toujours sans rien se promettre ? Qu'il n'y aurait jamais d'histoire d'amour entre nous parce qu'on ne s'aime pas ? Qu'on a chacun nos vies, lui à Paris, avec ses clients, ses cartes bleues et ses beautés du XVIIe et moi, ici, les mains dans la terre et mon cœur au castello *?*

Cet homme dont tu ne cesses de dire que tu ne veux pas qu'il parte, cet homme qui te fait jouir chaque nuit, cet homme que tu adores embrasser, avec lequel tu aimes parler et te taire, dormir et manger, rire et pleurer, cet homme-là te dit qu'il t'aime et c'est tout ce que tu es capable de lui rendre en retour ? Un terrible, un humiliant « je vous aime bien » ?

S'il m'aime, un jour, il se peut qu'il ne m'aime plus. Et si je l'aime, et qu'il ne m'aime plus, je vais mourir. Et s'il m'aime, que je l'aime et qu'il meurt, je vais mourir aussi.

C'est le risque. Vivre, c'est ça !

Eh bien, tant pis. Je suis déjà morte, je ne veux pas mourir encore.

Alors, dis-lui.

43

Une loupe de bijoutier rivée sur l'œil, Alvaro émettait des sons, de l'ordre du grognement de satisfaction ou du sifflement admiratif, tandis qu'il tournait et retournait l'une des pièces de monnaie découvertes par Eddie. C'était lui le spécialiste de l'équipe et il n'avait rien perdu de ses capacités. Après de longues minutes, il a ouvert un de ses grands livres de numismate, l'a feuilleté, puis a pointé un encadré représentant le spécimen sur ses deux faces.

— *Divi filius, divos Julius*, ça veut dire : « le divin fils du divin Jules ». Octave, le fils adoptif de Jules César, celui qui est devenu l'empereur Auguste… C'est vrai, tu as séché l'école. C'est un sesterce ! Là, ça te parle ? Il y en a dans la BD *Astérix et Obélix*. Tu sais ce que ça vaut cette petite merveille ? Regarde un peu le trésor ! Pas loin de deux mille ans et pas une ride. Tu dis que vous en avez trouvé combien ?

Alvaro a sifflé de plus belle lorsque je lui ai lâché notre estimation, puis il s'est fendu d'un « mazette, ça promet ! ». Si nous avions découvert un magot dans la nécropole, rien n'interdisait de penser qu'il en existait d'autres. Pourtant, il a eu la délicatesse de ne pas s'enflammer et m'a demandé simplement :

— Comment tu t'en sors avec ta belle ?

Je quittais tout juste Eddie et j'en avais gros sur la patate. Mais je n'étais pas prêt à en parler. Il fallait que je réfléchisse, que je décide si son attitude trahissait un manque de confiance ou un manque d'amour.

— Ça roule.

Si Alvaro Franchini pouvait expertiser des pièces anciennes, de la joaillerie, estimer des tableaux, des meubles anciens, il excellait dans l'analyse de l'esprit humain.

— Pierre qui roule n'amasse pas mousse, a-t-il fredonné, les bras croisés sur la poitrine, la pièce en or basculant entre les phalanges de sa main droite. Raconte, le Petit.

Devant celui qui avait été un père pour moi pendant six ans, j'en conviens, l'idée que la déception venait de ma trop grande attente m'a effleuré. Et le nœud qui embarrassait ma gorge s'est desserré. Un moment de légèreté qui m'a fait un bien fou, mais que j'allais payer dans la foulée, après avoir relaté ma conversation avec Eddie.

— Toi, tu rêves d'amour, et elle te propose la botte quand tu passeras dans la région. Dur.

Alvaro m'a lancé un de ces regards à la Fati, qui vous flanquent à poil d'un coup d'un seul.

— Vas-y *piano*, le Petit. Il y a un mois, tu n'existais pas pour elle et aujourd'hui tu te glisses dans ses draps chaque soir. Admets qu'il y a eu révolution ! Mais ne demande pas à l'escargot de battre le guépard à la course, ce serait idiot, pour ne pas dire suicidaire.

J'allais défendre mon point de vue idéaliste, naïf, peut-être même un peu niais, mais Alvaro ne m'en a pas laissé l'occasion.

— L'homme amoureux manque souvent de jugeote ! On gamberge, on gamberge, et en attendant la biche bat la campagne.

— Ce qui signifie ?

— Que tu lui as raconté que tu descendais au village chercher ta voiture, voilà ce que ça signifie, monsieur j'ai-des-exigences-au-dessus-de-la-moyenne. Et qu'en conséquence, il n'est pas déraisonnable d'imaginer qu'elle soit partie à ta recherche parce qu'elle regrette votre dernière conversation. *Capisce ?*

44

Je l'attendais sur un banc, au-dessus du village, après avoir arpenté les rues en tous sens pour le trouver. Assise comme une pauvresse, les mains cachées entre mes genoux, je priais un dieu auquel je ne croyais pas pour que Monsieur X n'ait pas décidé de reprendre la route pour Paris. J'avais mal à la poitrine et au ventre d'avoir été aussi bête, et je n'avais qu'une envie, couper la tête à cette autruche de malheur que j'étais.

Quand sa silhouette apparut sur la route, je mordis mes joues pour ne pas me mettre à pleurer comme une gamine. Je devais au moins m'excuser d'avoir été si indélicate avec cet homme qui ne le méritait pas.

J'attendis qu'il s'asseye à mes côtés pour parler. Et alors que j'ouvrais la bouche, il me dit simplement :

— J'avais besoin d'être seul.

— Vous préférez qu'on se parle plus tard ?

— Non.

— Écoutez, Joseph, je voulais vous dire que… Je suis désolée… Je n'ai pas voulu être désagréable… Oh, comme je suis nulle !

Je lui balançai de nouvelles stupidités, des histoires d'enfant et de mari jaloux que je n'avais pas, oui, je perdais les pédales, puisque mon notaire savait tout de moi, même que j'avais perdu mes parents à seize ans puisqu'il s'occupait de ma succession et que…

— Vous pouvez m'appeler Djo, D.J.O., m'interrompit-il en me regardant avec toute l'intensité dont il était capable. Joseph, c'est un peu trop cérémonieux.

— Djo, vraiment ?

J'ignorais si c'était une coïncidence, ou un signe du destin, et je n'osai pas lui demander s'il était cet inconnu du métro à qui je m'étais confiée sans pudeur des années plus tôt, probablement parce qu'au fond de moi je savais que c'était lui et que j'avais peur de découvrir les raisons qui nous avaient séparés alors.

Mais tout de même ! Monsieur X, l'inconnu du métro ? Djo ?

— Djo, repris-je, je ne voulais pas vous blesser tout à l'heure… C'était vous, dans le métro ? lui murmurai-je, incapable de résister à la curiosité.

Mon incroyable Monsieur X me sourit.

— Vous croyez que c'était moi ?

— C'était vous ?

Lui, Monsieur X, mon Djo du métro, mon histoire inachevée, mon cactus abîmé parce qu'il n'y avait pas eu de point final à cette jolie histoire, il était ici.

— Mais, murmurai-je, le cœur au bord du gouffre, pourquoi vous vous êtes enfui ce jour-là ?

45

Je n'ai pas eu le courage de lui mentir ni celui de tout lui avouer, alors je lui ai dit ce que je pensais le plus juste, et parce que, dans ma peur de l'époque, il y avait un peu de la sienne aujourd'hui.

— J'ai eu la trouille, comme vous tout à l'heure.

Elle s'est mise à rire. Ses yeux s'embuaient de larmes. Comme elle était charmante, désarmante dans sa simplicité. C'est avec cette Eddie-là que je voulais passer le reste de ma vie, qu'elle me dise je t'aime ou pas.

— Je ne vous ferai aucun mal, jamais.

À ces mots, elle s'est mise à pleurer.

En l'enlaçant, j'avais conscience qu'il se passait enfin quelque chose dans ce cœur si caparaçonné qu'il était devenu dur comme la pierre. Un jour viendrait où je l'accompagnerais à Paris pour qu'elle y rencontre cette institutrice qui avait conservé ses dessins, et Malika, sa nounou. Elle écouterait les témoins du passé, grimperait à bord de ce voilier où elle aurait été la reine des océans – ultime preuve d'amour de ses parents.

— Vous me le promettez ?

J'ai failli l'interrompre pour lui dire que je l'aimais depuis toujours et que, quand on aime comme ça, tout devient possible. Mais la raison a scellé mes lèvres.

Eddie n'aurait-elle pas été en droit de m'opposer une longue liste d'arguments en ma défaveur, du type : « Il faut être un obsédé pour suivre une femme pendant des années, non, un psychopathe. C'est ça, vous êtes un assassin ? » ou encore : « Vous avez fouillé ma vie et vous en savez plus sur mes parents que moi-même ? Mais qui se comporte de cette façon ? » ou peut-être : « J'ai vendu mon appartement, j'ai plaqué mon job, et maintenant vous me racontez que le *castello* n'a jamais été à moi, que vous n'êtes pas notaire et que tout ça, c'est du flan ! Quel type d'ordure êtes-vous donc ? »

J'ai chassé la peur immense qui me balayait et j'ai décidé d'avoir confiance dans le destin. Ne venions-nous pas de trouver le plus beau de tous les trésors ?

— Vous n'allez pas repartir tout de suite ? m'a-t-elle demandé.

— J'ai le temps, Eddie, et si vous le souhaitez, j'abandonnerai ma vie à Paris pour rester ici, avec vous.

J'avais beau ne pas être notaire, j'étais prêt à lui proposer un bail emphytéotique de quatre-vingt-dix-neuf ans, renouvelable.

— Un CDD pour commencer, a-t-elle murmuré, ce serait bien un CDD, non ?

Elle me regarda avec des yeux à donner envie de vivre heureux. Et ça tombait bien, parce que c'est tout ce que je demandais au bon Dieu, vivre heureux, ici et maintenant, en repoussant l'idée que les nuages suivent toujours le beau temps, sans quoi on ne profiterait pas du beau temps.

— Ce sera parfait, ai-je accepté en la prenant dans mes bras. Je vais vous aimer à temps plein, et vous commencerez par un CDD.

Nous sommes restés enlacés longtemps sans plus parler.

Vladimir s'était installé sur le banc et nous surveillait. On aurait dit qu'il souriait.

46

Quand le froid est tombé sur nous, j'ai proposé à Monsieur X de nous réfugier à l'auberge. Et puis j'avais très envie de lui présenter Amaretto, même si en y réfléchissant je m'aperçus que je ne lui avais jamais parlé de lui.

En traversant le village, une main posée sur son bras, j'étais heureuse, tandis que les rideaux se soulevaient sur notre passage.

La nuit tombait, des odeurs de cuisine embaumaient la rue.

Derrière le comptoir, l'aubergiste qui avait conquis le cœur d'Alvaro, un certain dimanche après-midi où je parlais à mon inconnu derrière la porte, essuyait des verres. Et quand elle nous vit entrer, son visage s'éclaira.

Elle savait déjà.

47

La fraîcheur de l'automne commençait à se faire sentir et les couleurs de la végétation sur la colline viraient au jaune orangé. C'était très beau et j'aimais me promener sur les chemins, me sentir comme au matin du monde en sachant qu'Eddie serait là à mon retour.

Souvent, je ramassais des champignons, la plupart du temps, je ne rapportais que des châtaignes et des noix, le Parisien que je suis n'y connaissait pas grand-chose.

Nous nous préparions pour les premiers froids. Le bois était rangé au sec, deux poêles équipaient dorénavant le *castello*, ce qui, avec la cheminée de la cuisine et le chauffage central tout juste achevé, nous garantissait de passer l'hiver en mode confort.

Les travaux de restauration progressaient. Eddie avait accepté l'idée qu'il s'écoulerait des années avant que sa forteresse de pierre ne redevienne l'écrin qu'avaient connu Giuseppe et Philomène.

Nous avions de plus amples projets, comme une vie à deux. Elle ne m'en avait rien dit, mais mon CDD commençait sérieusement à ressembler à un

CDI. Elle parlait de dispositifs à installer pour renforcer la sécurité du *castello* – « Ce n'est pas assez sûr pour des enfants », avait-elle déclaré pas plus tard que la veille. Les mots lui avaient-ils échappé ou me lançait-elle un message ?

Tout homme qui a connu le désir d'être père me comprendra. J'étais heureux. Un jour, il existerait des petits nous, un mélange qu'il me tardait de découvrir, et nous bâtirions alors un rempart d'amour. Pas pour les couper du monde, non ! Mais le monde produisait une telle violence qu'il était nécessaire d'en amoindrir les effets.

Ici, en Émilie-Romagne, ce serait parfait. Avec un peu d'énergie et d'entregent, nous contribuerions à faire revenir des habitants dans les campagnes. Les écoles rouvriraient, les commerces fleuriraient. Beaucoup de monde nourrissait l'envie de quitter les grandes villes, peu osaient. La peur de se retrouver isolé sans doute, loin des hôpitaux, des commodités, sans Internet haut débit, sans voie d'accès rapide. Et puis, la campagne, c'est agréable l'été, mais l'hiver…

Alvaro potassait le droit italien, les règles européennes, les finances publiques et beaucoup d'autres sujets fastidieux, tout ça dans le but de postuler à la mairie du village.

J'étais alors un homme en état de complétude, merci à la vie.

Le jour où le monde a basculé, je me trouvais au village, dans le restaurant-bar-épicerie-poste d'Amaretto où je venais récupérer un bouquin de droit pour Alvaro.

Les vieux du village jouaient aux dominos, d'autres aux cartes. On commençait à se connaître. Un petit geste, deux mots échangés, une marque de sympathie, on me témoignait que je n'étais plus tout à fait un étranger.

— Tout à l'heure, il y a un monsieur qui cherchait la *Castellana*, m'a déclaré Amaretto. Il a dit qu'il était un ami de Paris.

— Il ressemblait à quoi ?

— Je dirais, mon âge, mais en plus soucieux, si bien que je ne sais pas. Quelqu'un de sérieux.

— Et tu lui as dit quoi ?

— Je lui ai indiqué la direction du *castello*, tout le monde sait…

Les mots d'Amaretto se sont perdus dans le vent du nord qui s'était levé avec l'aube. Je courais déjà dans la rue, les tripes en vrac, la gorge nouée par un terrible pressentiment.

Passer devant l'église, la mairie, prendre à droite derrière la halle, par les ruelles où nous avions souvent flâné, émerveillés par l'architecture, les façades un peu lépreuses, les volets qui tenaient sur leurs gonds rouillés par la vertu du Saint-Esprit. Je me moquais éperdument des vieilles pierres à présent. Ma panique se concentrait sur quelques mots, crachés à la face de tout ce qui est beau, bon, de tout ce qui est fait pour vivre et s'épanouir :

Eddie n'a pas d'amis à Paris !

…

Encore un instant. Je dois à Eddie, à ce que nous avons représenté, à ce que nous étions, quelques ultimes précisions.

Car tout est de ma faute !

…

Il ne peut exister en ce monde, où que ce soit dans le temps, période plus heureuse que celle que nous avons vécue ensemble.

Comme Alvaro et Amaretto filaient le parfait amour, nous nous voyions beaucoup. Tout semblait entrer dans un ordre que nous n'avions même pas espéré. Eddie et Amaretto ont estimé tout à fait normal qu'entre voisins nous nous entendions comme larrons en foire malgré notre très récente rencontre. Il était évident que nous étions tombés en amitié, et personne ne trouvait rien à y redire.

Pourquoi l'aurait-on fait ? On ne bâtit pas nécessairement ses relations sur le mensonge…

J'avais entrepris d'amener Eddie à me parler de ses racines, son passé, par petites touches, d'infimes approches que je voulais légères, et je crevais de ne pas lui révéler qu'elle avait été aimée, que son père et sa mère n'avaient jamais souhaité l'expulser de leur vie, pas plus que de leur mort.

Pourtant, j'étais confiant, comme un enfant qui croit au père Noël, parce que tous les signaux étaient au vert. La forteresse qu'Eddie avait édifiée pour se protéger de la douleur se désintégrerait bientôt, et mon amour n'aurait plus qu'à se souvenir de son histoire personnelle pour devenir celle qu'elle n'aurait jamais dû cesser d'être.

Le piano, la danse, l'enfance à Montmartre, le voilier que ses parents retapaient pour emporter leur enfant unique loin des contraintes de l'Occident, bourlinguer comme des artistes des mers, des surdoués de la vie.

Bien sûr, découvrir cette existence qui aurait dû être la sienne recelait des dangers. L'amertume pouvait gangrener le cœur de mon ange, mais je nous sentais assez forts pour qu'elle n'y succombe pas.

Une partie de notre personnalité tient à ce que les autres ont fait de nous, nos parents en tête de liste. Qu'ils l'aient voulu ou non est une autre histoire.

Au cours de cette période idyllique, il y a eu la fête au village, en l'honneur d'Eddie, généreuse donatrice d'une cinquantaine de pièces en or remontant au début de l'ère chrétienne – le solde était resté en sa possession, sur le conseil de son notaire ; il traînait encore une affaire de droits de succession exorbitants à régler.

Eddie ne m'avait pas encore dit « je t'aime », et je crois que je ne l'attendais plus. Ces mots ne revêtaient plus l'importance que je leur prêtais auparavant, tant nos journées étaient faites d'une accumulation de joies entières. Rien d'extraordinaire au final. Juste deux êtres en harmonie, deux âmes séparées à la naissance de l'Univers à qui le ciel avait permis de se retrouver.

Je ne regrette rien. Avoir connu ces jours-là fait de moi un indéfectible débiteur devant l'humanité tout entière.

…

Une voiture était garée devant la grille, un puissant coupé sport. Il m'a suffi de voir la plaque pour comprendre. Elle était immatriculée à Paris, et, surtout, il y avait le nom du concessionnaire et son adresse, dans le XVIIIe arrondissement. Rue Caulaincourt, à deux pas de la rue de l'Abreuvoir où vivait Noémie, ma bonne fausse grand-mère, et où habite toujours son fils.

Les pièces du puzzle se sont imprimées dans mon esprit à jamais. Pendant que je remontais l'allée centrale du parc, je me demandais comment l'Odieux avait retrouvé ma trace... et puis j'ai vu l'article de la *Gazzetta di Parma* posé sur la table dans l'atelier, quand je suis entré, brisant un silence qui ensevelissait mon ange et le fils de Noémie.

Ce maudit article et ce maudit cliché...

Mais comment m'y soustraire, Eddie était si heureuse !

Il y avait ce journaliste qui la mitraillait sous toutes les coutures, lors de cette fête que le maire et les habitants avaient donnée en son honneur. Eddie avait insisté : « Djo, je vous veux à mes côtés pour la postérité ! »

Je n'aurais pas dû accepter, moi qui d'ordinaire reste si discret. Alvaro me l'avait enseigné, pour vivre heureux, vivons cachés, surtout quand on est les rois de la cambriole.

Un flash, deux flashes... voilà, nous étions ensemble pour toujours, au moins dans les archives de la *Gazzetta di Parma*.

Tout était dit.

Tout est dit.

C'est ce que j'ai lu, dans les yeux d'Eddie rougis par les larmes. L'Odieux lui avait raconté mon pedigree sans omettre la moindre ligne, le moindre cambriolage, et surtout il lui avait dit que je n'étais pas notaire et qu'il n'était pas possible de faire confiance à un homme qui profitait de la faiblesse des vieilles personnes depuis ses douze ans.

J'aurais pu me défendre, expliquer, exposer, justifier. Mais j'ai su au premier regard que ce serait vain.

Elle se moquait que je ne sois pas notaire, mais jamais elle ne me pardonnerait de lui avoir menti sur l'essentiel.

Eddie s'était crue la descendante de Giuseppe et Philomène, elle avait chéri cette terre, ses racines, ses pierres auxquelles elle pensait appartenir. Elle avait émis la volonté d'être enterrée un jour ici, à côté de ses aïeux, parce que c'était dans la nature des choses éternelles.

Le vent, la pluie, les âges passeraient au-dessus du *castello* et de ses fantômes, il subsisterait quelque chose d'elle. Une ombre, un parfum, l'idée qu'elle avait aimé cet endroit et qu'elle y avait été la plus heureuse des femmes.

Mes doigts étaient encore accrochés à la poignée de la porte. Personne n'avait encore bougé.

L'Odieux a finalement ramassé le journal et l'a fourré dans son horrible sacoche en cuir qui avait dû lui coûter une fortune pour que les fermetures brillent autant. Puis il est passé devant moi en susurrant d'un air de mauvais triomphe : « Garde ce que tu m'as volé, je me suis largement dédommagé ! »

Bien plus que ses valeurs, il m'en voulait à mort de lui avoir dérobé l'amour de sa mère. C'est ce que ses lèvres déformées dans un vilain rictus m'ont raconté. En brisant mon amour et en me laissant libre et malheureux, il se vengeait de sa propre incapacité à apprécier cette merveilleuse femme qu'avait été Noémie.

Le con.

J'aurais préféré qu'il m'envoie les *carabinieri*.

J'aurais préféré qu'il me dénonce à Interpol, au FBI et à toutes les polices du monde qui étaient à nos trousses.

Mais non, il voulait me voir souffrir à perpétuité. C'était sa vengeance, et elle était sacrément cruelle.

À cet instant, je n'ai ressenti aucune douleur, aucune peine. Rien qu'un grand vide froid. J'ai formé des phrases dans ma tête, cherché des mots capables d'inverser le cours des choses. Il n'en existait pas.

Eddie se tenait devant moi et bouillonnait d'une colère qu'elle avait de plus en plus de mal à contenir, et qui a éclaté quand j'ai fini par prononcer son nom :

— Eddie…

La claque qu'elle m'a flanquée résonne encore dans mon crâne.

— Toi, a-t-elle articulé d'une voix rauque, brisée. Plus jamais tu me parles !

C'était la première fois qu'elle me tutoyait.

J'ai fermé les yeux et, quand je les ai rouverts, il ne restait plus dans la pièce que mon cœur désarmé et mon malheur aussi grand que l'Univers, et ce chat maigre et fielleux qui a feulé vers moi avant de se carapater lui aussi.

Niveau 8

L'explosion provoque une onde de choc
et un rejet majeur de substances radioactives
avec des effets irréversibles.

48

À l'instant où j'appris la vérité, je compris ce qu'était vraiment le vide. En quelques secondes, je redevins fille de rien, femme de nulle part. Et même si j'avais mille pourquoi dans la tête et dans le cœur, j'étais incapable d'affronter Joseph, incapable de lui demander des comptes.

J'avais été foudroyée sur place.

Ces racines dont j'étais si fière parce qu'elles m'offraient une responsabilité n'existaient pas, ces ancêtres que j'avais appris à aimer pour ce qu'ils étaient n'étaient pas les miens, et ces pierres qui m'avaient reconstruite tandis que je les relevais ne m'appartenaient que dans l'imagination d'un autre.

L'idée de m'arracher à cette terre que je chérissais tant me terrassa, et la douleur qui me traversait de la tête aux pieds était si vive que je crus mourir.

J'avais l'impression qu'un tourbillon m'avait projetée dans le passé, m'obligeant à subir une nouvelle fois le chagrin sans nom qui m'avait éteinte aussi sûrement qu'un étouffoir à bougie, le jour du suicide de mes parents. L'impression d'être écartelée, dévorée vivante par une meute de loups, et pourtant assez lucide pour ressentir chaque morsure, sans jamais en mourir.

Quand j'arrivai à hauteur du réverbère, après une marche qui n'avait rien à envier au calvaire du Christ, je vis les murs de mon *castello* rougeoyer au soleil couchant, et je crus que mon cœur allait s'arrêter.

Un long cri s'échappa de ma poitrine et brûla ma gorge. Je tombai à genoux, et là, au pied de ma colline, je pleurai toutes les larmes que j'avais refusé de libérer ces vingt dernières années. Je pleurai pour la petite Eddie devenue orpheline le jour de ses seize ans, et pour toutes les Eddie de ma vie. Celles de l'ennui, des rencontres éphémères, des occasions ratées.

Et quand je n'eus plus de larmes, je remontai une dernière fois ce chemin que j'aimais tant. Je profitai de chacun de mes pas pour saluer les vignes bordées de fleurs, les cyprès, les aulnes et les peupliers. J'attendis un instant avant d'ouvrir le portail pour me souvenir du bonheur qui m'avait transportée quand j'avais hésité au bas du sentier, intimidée par la pancarte *ATTENZIONE PERICOLO DI MORTE !*, sans me douter que c'était à moi que ces avertissements étaient destinés.

J'étais morte.

Mais je voulais saluer les papillons et les abeilles, les herbes folles, le soc de charrue entortillé de vigne, emprunter cette voie que Simone et ses hommes avaient dégagée, me laisser éblouir par l'ombre et la lumière se taquinant sur les façades en pierre d'Istrie. Je voulais enlacer le tilleul comme si j'avais étreint un vieil ami, me laisser porter par la balançoire, jambes en avant et tête en arrière, les yeux accrochés aux nuages.

Je voulais parler à Giuseppe et Philomène, déposer ce pendentif qui ne m'appartenait pas sur la cheminée, m'attabler devant le meuble en formica, sentir sur mes épaules les larges mailles de son gilet à elle, boire un café dans sa tasse à lui, toucher les murs et les rideaux, me lover dans le fauteuil Louis XV, face à la psyché, et peut-être les apercevoir une dernière fois.

Leurs rires résonnaient partout, mais je ne les vis pas. Ni dans le miroir, ni dans la salle de couture de Philomène, ni dans les grandes cuisines.

Le jardin, le potager et les poules, les vergers et l'olivaie dont les arbres étaient chargés de fruits prêts à être cueillis et pressés, le chêne et ses carillons, les pipistrelles alignées sur le plafond de la cave, les rats et les araignées, et la déesse à la robe minérale, l'eau de la source, le vent et les oiseaux, le ciel, la terre et les cailloux, chaque poutre, chaque tuile et chaque pierre, je les saluai tous une dernière fois, et quand je fus certaine de n'avoir oublié personne, je retournai à l'atelier du chausseur pour admirer la vue depuis la terrasse.

Une dernière fois.

Je restai un moment assise là, avec l'espoir que la machine infernale qui avait détruit mon monde idéal me transporte au premier jour de ma vie ici. Ainsi, je pourrais tout recommencer, et être heureuse, encore.

Mais il ne se passa rien.

49

Là-bas, ces formes sombres happées par la brume de chaleur, ce devaient être les contreforts des Alpes, de l'autre côté de la plaine du Pô…

Était-il possible de voir si loin ?

Je tentai de fixer mon attention sur cet ailleurs situé à cinquante ou soixante kilomètres de la colline. Pourquoi pas m'envoler sur les rives du lac de Garde ? Je n'y étais jamais allé, et aujourd'hui…

Le vent dans les cheveux. Le vent dans la tête. Un vent qui ne s'arrêtera jamais. J'aurais aimé m'oublier dans ce vent, disparu Jo la cambriole et ses grandes idées de romance. Bien souvent, quand on a mal quelque part, la solution consiste à provoquer une douleur plus grande ailleurs.

Je me serais pris un trente-huit-tonnes dans la gueule, ça n'aurait pas fait beaucoup de différence, sauf que j'étais debout, indemne, sain de corps. À l'intérieur, en revanche…

La douleur, la grande, celle qui emporte, qui détruit et, paraît-il, permet de grandir, mûrir, vieillir, franchir un cap, est insatiable. Pas sûr que Dieu, dans sa sagesse, ait pensé à inventer ce prédateur-là.

Le mal d'amour est une bête humaine, nous ne la devons à personne, elle est à nous, rien qu'à nous et au hasard de la vie. Il faut l'aimer, cette salope qui vous fixe dans le miroir, lui rendre son regard, affronter son reflet avec tous ses défauts. Oui, surtout ses défauts, parce qu'ils vous ont servi ce plat amer.

Je me l'étais servi.

Et j'en étais là.

Mes pieds m'avaient conduit naturellement au bercail, auprès d'Alvaro, déjà informé de ce qu'il convenait d'appeler un drame, par un coup de fil d'Amaretto. Il tirait une gueule pas possible. Lui aussi avait dû entendre parler du pays, parce que si j'avais menti, il était forcément dans le coup.

Je m'étais assis contre le mur nord de la maison, depuis cette hauteur, le regard porte loin sur la plaine. Je pouvais deviner les contours de *Parma* sur la gauche, *Reggio Emilia* un peu plus près, *Modena* sur la droite, et la mosaïque à l'infini des champs. Le ciel était grand depuis les flancs de notre colline, j'ai toujours pensé qu'il ouvrait l'esprit.

Mais pas aujourd'hui.

« Tu as devant toi une vie entière à regretter tes mensonges, voilà ce que me disait le ciel. Tu aurais pu agir autrement, Jo. C'est Eddie, merde, pas n'importe qui… »

Foutaises.

Je crevais de trouille de me planter, d'être rejeté, voilà ce qui était arrivé.

Pas de père, une mère qui supportait la cruauté des autres en serrant les dents pour que je ne la voie pas souffrir, des sales gosses dans la cour de récréation qui m'appelaient Jo le crevard, parce que mes affaires étaient d'occase. Cour de macération, oui, où je jouais seul dans mon coin, parfois avec d'autres *malgré eux*, rejetés parce que non conformes à la norme.

Comment aurais-je pu m'aimer ?

« Tais-toi, Jo, tu t'enfonces, sifflait le vent. Aucune explication ne rachètera ton crime. Tu as construit ta vie autour d'Eddie, et maintenant qu'elle est partie, ton cœur se referme sur le vide. Ça fait mal, hein ! T'inquiète pas, il y aura toujours quelqu'un pour te dire : “Ne t'en fais pas, ça passera, il faut du temps, mais ça passera.” »

Non, personne ne viendrait me vendre cette horrible fable. Je n'avais qu'Alvaro sous la main, un homme qui me connaissait mieux que ma propre mère et aurait sans hésiter pris ma place si la chose avait été possible.

« Tu n'as plus qu'à te mentir, m'a encore raconté le vent, te dire que tu vas apprendre à vivre pour toi, tu feras comme tout le monde, tu passeras à une autre histoire… »

J'allais le maudire quand il m'a soufflé qu'une voiture arrivait par le chemin, et que c'était celle d'Eddie.

Le moteur s'est coupé, une porte a claqué et j'ai entendu les pas de mon ange qui faisaient rouler le gravier sous ses semelles.

— Je suis venue rendre ce qui ne m'appartient pas, a-t-elle dit à Alvaro, qui était sorti sur le perron pour l'accueillir.

Sa voix était différente. Elle se retenait, mais j'ignore si elle cherchait à ne pas exploser ou à ne pas pleurer. Eddie se trouvait à dix mètres de moi, elle s'était approchée de la piscine. En quelques enjambées, j'aurais pu la rejoindre et l'enlacer pour ne jamais plus la relâcher.

— Je suppose que vous êtes au courant de tout, a-t-elle ajouté.

— Venez, entrez deux minutes, je vous prépare un *ristretto*. Ne vous inquiétez pas, vous ne risquez pas de le croiser.

— Non, merci. Faites ce que vous voulez avec le trésor, je m'en fiche.

— Vous devez m'écouter, a insisté Alvaro, parce que c'est votre vie qui est en jeu, là. Vos vies à tous les deux. Il y a longtemps que je fréquente Joseph. C'est quelqu'un de bien… Il ne vous a pas tout raconté, parce qu'il n'osait pas, mais moi, j'ai le droit.

Mon cœur battait à tout rompre. Il n'y avait plus que lui dans l'Univers, et deux voix qui portaient à elles seules l'espoir ou l'anéantissement.

— J'ignore ce qu'il a prétendu, l'a interrompu Eddie, mais je ne lui ai jamais dit que je l'aimais.

Je suis resté planqué derrière le mur un long moment après que sa voiture a disparu dans le chemin, puis j'ai avancé vers la terrasse. Alvaro avait un air navré. Il a écarté les bras pour dire : « J'ai fait ce que j'ai pu, désolé. »

Parce qu'il n'y avait rien à dire.

J'ignore ce que je cherchais, je suis pourtant entré dans la maison. Dans ma chambre, j'ai récupéré mon vieux blouson en cuir parce que j'avais froid, et sorti ma Rolex du tiroir. Cette montre me reliait à l'époque où j'avais décidé de partir à la conquête du monde dans l'idée de me présenter un jour devant Eddie avec les artifices d'un homme.

Quand je suis ressorti, Alvaro n'avait pas bougé. Il s'en voulait d'être impuissant à me réconforter. Comme je m'éloignais, il m'a lancé : « Tu ne fais pas le con, hein, le Petit ? »

J'ai haussé les épaules et répondu quelque chose comme « t'inquiète, je gère » et j'ai contourné la maison.

Il faisait toujours beau, le soleil basculait par-dessus la colline et les ombres s'allongeaient. Près de l'endroit où j'étais assis pendant qu'Alvaro tentait de retenir Eddie, je croisai Vladimir. Il était plus mal en point que dans mon souvenir, et, pour être sincère, je dois dire qu'il m'a fait penser à un chat empaillé un siècle plus tôt.

Devant moi, le sentier se perdait dans les bosquets. J'ai mis un pied devant l'autre. La pente m'a aidé, c'était facile. Il n'y avait qu'à la suivre.

Pour aller où ? Aucune idée. Mais le monde est plus vaste qu'on ne le pense. Si l'on veut se perdre, il suffit de s'éloigner. Il y avait *Parma* à gauche, *Reggio Emilia* un peu plus près, *Modena* sur la droite, et des champs cultivés en veux-tu en voilà.

Dans le ciel brillait Vénus, l'étoile du Berger, un signe du destin.

50

« Tu pleures sur une ruine alors que tu viens de perdre l'amour de ta vie ! Allez, suis-moi, on va arranger tout ça ! »

Pour Amaretto, « arranger tout ça » signifiait aller à la cuisine, passer un tablier blanc, enserrer ses cheveux dans un filet qui vous rendait aussi sexy qu'une tourte et se laver les mains trois fois avant d'avaler cul sec un verre de limoncello, histoire de rendre la préparation de la courge pour le risotto plus excitante qu'elle ne l'était en réalité.

Et tandis que je l'égrainais, puis que je la coupais en tranches pour la peler, je songeais que j'étais moi-même la plus grosse courge du monde. Comment avais-je pu être aveuglée au point de tomber dans les filets d'un escroc de pacotille ?

Tu crois vraiment ce que tu penses ?

— Coupe la citrouille en petits dés au lieu de gamberger, m'ordonna Amaretto.

De son côté, elle préparait un bouillon à base d'oignons, de branches de céleri et de carottes revenus dans de l'huile d'olive et assaisonnés de feuilles de laurier fraîches et de thym, provenant tous de mon jardin.

De mon ex-jardin.

J'avais un mal fou à envisager de ne plus jamais revoir mon *castello*, pire encore, j'avais l'impression de les abandonner, lui et ses centaines d'habitants, petits ou grands, animaux ou végétaux, et même minéraux, et ma vue se brouillait de larmes.

Moi qui croyais que je n'en avais plus.

— Je ne vois plus rien, bafouillai-je en jetant les morceaux dans le bouillon qu'elle avait porté à ébullition.

— Quand on apprend à pleurer, on n'arrive plus à s'arrêter, constata Amaretto. Parler permet d'assécher les yeux. Tu veux parler ?

Que pouvais-je lui dire ? Qu'elle avait tort de me reprocher de larmoyer sur des pierres ?

J'étais aussi perdue que si je m'étais trouvée sur une terre inconnue à des millions d'années-lumière. Qui aurait été assez stupide pour croire à une telle fable ? Qui aurait tout abandonné sans même vérifier l'authenticité de l'héritage ?

— Tu sais qu'il n'a jamais voulu te blesser, poursuivit Amaretto, mais tu préférerais mourir que de l'admettre. Tu as raison quand tu dis que t'es une tête de pioche.

— T'es son avocate ou quoi ? demandai-je amèrement.

— Cesse de mordre, veux-tu !

— Mais tu savais ? insistai-je.

Après tout, ne fréquentait-elle pas Alvaro Franchini depuis ce fameux dimanche où Monsieur X m'avait parlé derrière la porte ? Avait-elle menti, quand elle prétendait qu'il n'y avait personne dans la maison ?

Amaretto ne prit pas ombrage de ma question, mais ne répondit pas non plus. Elle égoutta les dés de courge et les passa au mixeur.

— Fais revenir l'oignon émincé dans un peu de beurre.

Puis elle ajouta :

— Si j'avais su, ma *Castellana*, je te l'aurais dit.

— Tu vois.

— Oui, je t'aurais dit que tu étais une femme vernie de rencontrer un homme tel que lui à ton âge. Moi, je suis passée par de nombreuses déceptions et un deuil terrible pour trouver enfin chaussure à mon pied. Et j'ai soixante ans, vingt-cinq ans de bonheur de moins en perspective.

Puis elle se tut, ajouta le riz, le touilla, et lorsqu'il fut translucide, le vin blanc, et elle me tendit la cuiller pour que je prenne le relais tandis qu'elle commençait les préparatifs pour le dessert du jour à base de crème pâtissière, une *zuppa inglese*.

Vingt-cinq ans de bonheur en perspective ? La catastrophe, oui !

— Comment peux-tu présager de ce bonheur ? m'agaçai-je. Il ment depuis le début.

— Il t'aime, c'est différent.

— À cause de lui, je me retrouve à la rue !

— Tu n'es pas à la rue, tu as le *castello*.

— Il n'est pas à moi !

Les dents serrées, Amaretto mélangea la courge mixée au riz, puis ajouta une cuiller de bouillon. Moi, je continuais à touiller en observant les grains devenir plus dodus, bien heureuse de faire mine de m'occuper, tandis qu'elle me fixait d'un air insistant.

— Ne te défile pas, marmonna-t-elle, on en a pour vingt bonnes minutes avant que le risotto soit prêt. Tu quitteras cette cuisine quand tu m'auras dit ce que tu as vraiment sur le cœur.

— Je ne me défile pas, protestai-je.

— Tu cherches tous les défauts du monde à ce garçon parce qu'il a su te toucher comme personne d'autre. C'est pas vrai ?

Amaretto soupira, puis elle me tourna le dos pour s'occuper du dessert. Elle fit bouillir le lait et infuser une gousse de vanille et battit les œufs et le sucre à l'aide d'un fouet électrique.

Quand j'annonçai que le risotto était prêt, il s'était passé dix minutes au moins, durant lesquelles nous nous étions tues.

— Tu n'as pas envie d'être heureuse ?

Durant ces dix minutes, je n'avais pensé à rien d'autre qu'à la texture de ma préparation, aux bonnes odeurs des légumes et des herbes de mon jardin qui enchantaient mes narines et mes papilles.

Mon jardin.

— Tu t'occuperas des poules ? demandai-je, subitement prise d'une angoisse. Elles ne survivront pas, si tu ne montes pas les chercher.

— T'iras toi-même, m'intima Amaretto. Moi, je ne mets pas les pieds là-haut, et puis c'est ta responsabilité.

Ces mots me bouleversèrent, et je me mis à pleurer de nouveau. Plantée les bras ballants devant le plan de travail, je regardais, sans vraiment la voir, mon amie préparer la crème pâtissière avec soin.

Elle fouetta le mélange œufs (de mes poules)-sucre et ajouta un peu de lait à la farine pour obtenir une pâte onctueuse, qu'elle versa dans la casserole. Elle porta à ébullition et laissa refroidir sans cesser de remuer la préparation. Puis, elle divisa la crème dans deux bols et versa du cacao dans l'un d'eux.

De mon côté, je sortis de ma torpeur pour préparer les coupes individuelles, que je garnis avec des morceaux de génoise maison imbibée d'*alchermes*, un alcool local à l'odeur de cannelle et de clou de girofle. Puis je formai une première couche de crème au cacao que je recouvris de génoise comme l'indiquait la recette.

Quand je relevai la tête, Amaretto disposait le risotto dans trois assiettes et le saupoudrait de parmesan.

— Viens, me dit-elle, on va manger. Alvaro veut te parler.

— Je ne veux pas l'écouter, protestai-je.

Mais la poigne d'Amaretto ne me laissa pas le loisir de m'éclipser.

— Si, tu vas l'écouter, parce que c'est ta vie qui est en jeu, et que je ne te laisserai pas passer à côté, si je le peux.

Alvaro était déjà attablé, et je lui trouvai l'air tourmenté. Le rideau de la salle était descendu, et je compris en distribuant les couverts, tandis qu'Amaretto disposait les assiettes devant nous, que nous ne serions *réellement* que trois à dîner ce soir.

Une toute petite part bien planquée au fond de moi avait espéré qu'il y aurait quatre couverts, que Joseph attendait juste que ses amis défendent son cas pour réapparaître.

Ainsi, aucun d'entre nous ne perdrait la face, et l'histoire se terminerait comme dans les comédies romantiques où les protagonistes se heurtent à des obstacles pour mieux se retrouver à la fin.

Mais dans la vraie vie, les choses ne sont pas aussi simples.

— Où est-il ? demandai-je à brûle-pourpoint.

— Parti cacher sa peine. On a sa dignité. Pas trop loin, je l'espère.

Je pris un premier coup de poignard, et je pressentis qu'il ne serait pas le dernier de la soirée.

— Bon appétit ! clama Amaretto. Eddie, ton risotto est délicieux.

Nous le goûtâmes en silence, puis Alvaro repoussa son assiette et je l'imitai. Personne ici n'avait faim. Chacun semblait préférer la bouteille de chianti qu'Amaretto venait de déboucher.

— Le Petit ne vous a pas tout raconté parce qu'il crevait de peur de vous perdre. Vous savez d'où il vient, au moins ?

J'ignorais tout de Djo, jusqu'à son véritable nom. Monsieur X, ou maître Hicks, franchement, comment avais-je pu manquer cela ?

La tête dans le sable et cul par-dessus tête, voilà pourquoi !

— Il s'appelle Joseph Mandrain, commença Alvaro. C'était un gamin des rues qui détroussait les touristes et les petits vieux à Montmartre, dans le quartier où vous avez grandi. La première fois qu'il vous a vue, c'était avenue Junot, il avait dix ans, vous seize, et vous transportiez une urne funéraire.

Deuxième coup de poignard. Mon joli souvenir. Ce gosse qui m'avait fait rire ce jour-là, c'était lui. Et j'eus l'intuition que le jeune homme en larmes à la terrasse, c'était lui aussi.

Face à mon silence, Alvaro poursuivit, et la lame remua dans mes entrailles.

— Ce jour-là, il est tombé amoureux de vous. Non, d'ailleurs, ce n'est pas le respecter que de le raconter ainsi. En vous voyant, Joseph a pensé : *Voici celle qui va devenir ma femme. Mais comment le lui dire ?* Six ans vous séparaient, à des âges où même six mois d'écart vous font appartenir à deux générations distinctes. Il a passé des années à espérer grandir plus vite, et à vous chercher ! Il n'est peut-être pas le plus honnête des hommes, mais il est le plus entêté des amoureux que cette Terre a jamais portés !

Emporté par sa verve, Alvaro me raconta la vie de Djo, sa rencontre avec Noémie et avec l'Odieux, venu révéler le pot aux roses, il parla de Fati, de lui-même du temps où il se faisait appeler le marquis de Picard, et de chacun de ces moments où le destin avait ramené Joseph Mandrain sur le chemin de sa bien-aimée.

En l'occurrence, moi.

Il me relata tous les détails, et même ceux que je n'imaginais pas entendre, les recherches qu'il avait entreprises sur la mort de mes parents, le magnifique deux-mâts qui portait mon nom, et ce tour du monde que ces derniers projetaient pour fêter mes seize ans pendant une année entière à leurs côtés.

Comme je restais coite de surprise et d'émotion, Alvaro conclut :

— Vous pouvez juger Joseph, maintenant que vous savez ce qu'il a dans le ventre, et à quel type d'homme exceptionnel vous vous apprêtez à renoncer.

Et je sus que je n'en avais jamais eu l'intention. Mais que je l'avais compris trop tard.

Niveau 9

N'a pas encore été inventé.
Désigne ici une zone où le cœur en fusion
s'enfonce jusqu'au centre de la planète,
et contamine la terre pour des millénaires.

51

Ce matin, comme tous les matins, Eddie s'est réveillée avec le chant des oiseaux, vers cinq heures trente. Elle a sifflé avec eux, comme Giuseppe avait coutume de le faire.

Sur cette colline d'Émilie-Romagne dont elle est la gardienne solitaire, les piafs se lèvent toujours à la même heure, allez savoir pourquoi.

Les gens racontent que c'est à cause du réverbère, planté en bas du chemin bordé de rocailles, qui serpente jusqu'à son *castello*. Eddie sait qu'ils chantent pour la réveiller, que ce sont ses *oiseaux particuliers*, ses petits becs moqueurs, ceux que Giuseppe nourrissait dans le noisetier, quand il vivait encore ici.

Il le lui a confié dans le reflet de la psyché.

Dans le silence de ses hauts murs en pierre d'Istrie, celle qu'on appelle maintenant la *pazza Castellana* s'adresse à ses ancêtres depuis les cuisines, le salon ou l'atelier, et, à chaque fois, ils lui répondent.

Et quand elle croise un esprit sur les sentiers de sa colline ou dans les souterrains, elle s'arrête pour discuter avec lui. Nul ne sait ce qu'ils se disent. Parfois, un villageois la surprend en train de parler dans le vide à la manière des Italiennes, avec des arabesques de la main ; elle argumente, débat, rit et pleure.

Puis elle poursuit sa route, comme si de rien n'était.

Tout le monde ici le sait, Eddie converse avec le ciel et ses étoiles, l'eau de pluie, les pétales de rose qui tourbillonnent ; elle parle à la vie grouillante des forêts et à celle qui s'épanouit au printemps, colore les arbres et fait gonfler les fruits. Elle parle aux quatre vents, aux doux comme aux mauvais, aux grêlons et au sarment qu'elle jette au feu l'hiver ; elle parle aux gens quand ils osent lever les yeux vers elle.

Seul Joseph reste silencieux.

Les regrets d'Eddie sont tels qu'elle a besoin de les exprimer pour ne pas perdre l'esprit, et son chagrin est si intarissable qu'il lui arrive de s'adresser aux affaires qu'il a abandonnées ici.

Ses livres, quelques vêtements et l'oreiller où il posait sa tête. Et toutes ces petites et ces grandes choses lui répondent, et, grâce à elles, Eddie tient le coup.

Si elle le pouvait, elle se jetterait du haut de ses chers remparts pour s'envoler avec ses tourterelles, dans un fracas d'ailes blanches, et s'écraser sur les rochers en bas de la colline.

Mais Eddie a trop de cran pour cela.

Et puis Giuseppe n'a-t-il pas vécu cinquante ans sans son amour ?

52

Il n'y a pas un endroit où l'on se sent plus seul qu'au milieu de l'océan, à six mille kilomètres de la terre la plus proche. Plus seul, plus vulnérable et en même temps plus vivant.

Durant quatre saisons j'ai essuyé des tempêtes que je n'imaginais pas possibles. Avec des vagues hautes de dix étages, escalades et dégringolades à vous ruiner l'estomac, la peur de tout perdre s'incruste jusque sous les ongles.

Moi qui pensais avoir déjà tout perdu…

Non, il demeure une pulsion de vie. Étrangement. Je ne m'y attendais pas. Au fond de moi, blottie comme un trésor perdu, la voix du petit Jo m'invitait à ne jamais renoncer : *Bats-toi ! Bats-toi parce que c'est ce que tu sais faire. Tu ne vas pas te laisser impressionner par des montagnes d'eau salée !*

Ce n'était pas de l'eau salée, mais le Pacifique qui jouait avec moi, un colosse noirci par la nuit australe et zébré d'éclairs gigantesques. Au cœur de ces ténèbres sauvages, le dieu des Vents et des Désespérés m'a soufflé de survivre jusqu'à l'aube. Juste un battement de plus, et puis un autre, et encore un autre.

Que risquais-je sinon de sentir un peu plus loin le manque d'Eddie ?

À chaque nouvelle tempête, j'ai éprouvé l'Univers.

Partout où les flots m'ont porté, je suis allé ressentir s'il existait un lieu où je pourrais me passer d'elle, un lieu à ce point extraordinaire qu'il se suffirait à lui seul et comblerait mon âme cabossée. Partout autour du globe je me suis désaltéré à des sources si pures que la vie ne pouvait y éclore. J'ai vu des endroits restés tels que la Création les avait faits, à l'écart des hommes qui corrompent tout. J'ai compris loin des miens qu'il existait une forme d'amour embrassant l'infini, et que cet amour-là, le plus grand, le plus beau, parce qu'il contenait l'Univers, incluait aussi Eddie.

À travers les embruns, dans le froid, dans chaque goutte d'eau de chaque pluie du bout du monde, dans le vol des albatros et des sternes, dans la course des étoiles et le chant des baleines, dans l'œil terrible des grands blancs, sur la surface nacrée des perles sauvages, et même dans l'empreinte que mes pas laissaient sur le sable des îles vierges, j'ai su que je ne parviendrais jamais à me passer d'elle.

Il était inutile et vain de m'imposer l'impensable. Je ne suis pas un héros. Je suis juste un homme amoureux, et c'est déjà beaucoup.

Ce jour-là, les vents dominants s'étaient tournés vers le nord, et comme je leur avais livré les rênes de ma destinée, j'ai laissé les voiles se gonfler pour une lente remontée vers l'Europe.

Aujourd'hui, je rentre à la maison.

Je rentre parce que les vents m'ont raconté des secrets que les pères chuchotent à leurs fils. Ils m'ont dit qu'il faut toujours retourner auprès de son arbre, ne pas abandonner ses rêves, ne jamais laisser une situation inachevée si l'on a la possibilité d'aboutir, parce qu'il n'y a qu'une seule chose qui compte, la vie, et une seule chose véritablement sérieuse, la mort pour la rendre précieuse.

Un jour, demain, plus tard, mais pas trop tard, je dirai à Eddie ce que les vents m'ont fait comprendre : si elle est la femme de ma vie, je suis forcément l'homme de la sienne, sinon il y a maldonne.

Et il ne peut y avoir maldonne.

Demain, un jour, je lui dirai que l'amour est plus grand que tout et qu'elle doit en être convaincue. Plus grand que mes mensonges, plus grand que ses peurs, plus grand que la somme de tout ce qui existe.

Demain.

Il faut juste espérer qu'elle sera encore là pour m'écouter. Juste là.

53

Demain, c'est décidé. Je pars !

Après avoir joué les Pénélope pendant plus d'une année, il était temps pour moi de quitter le refuge de mon *castello*, pleine de bonnes résolutions et déterminée à transformer enfin l'essai. Après l'explosion nucléaire qui avait fendu ma carapace, j'étais de toute façon radioactive à vie, amoureuse d'un homme exceptionnel dont le souvenir ne me quittait plus, heureuse de l'avoir rencontré et malheureuse de l'avoir perdu.

Mais tout de même.

Il existait toujours quelque part, il me suffisait juste de le retrouver, et cette idée, si elle ne parvenait pas à me combler, me rassurait.

J'avais évidemment cherché à avoir de ses nouvelles juste après qu'Alvaro m'avait raconté son histoire, mais Joseph était bien trop intègre (et bien trop amoureux, m'avait-on précisé) pour accepter de vivre de miettes.

Alors j'eus beau espérer son retour, perchée dans mon atelier niché à flanc de colline, jamais amère, juste remplie du bonheur de ces moments partagés, j'eus beau imaginer qu'il pourrait tomber amoureux de moi une septième fois, il ne revint pas.

Pourtant, je ne lui en voulais pas.

Moi seule avais failli.

En revanche, je gagnai de ces longs mois passés en solitaire l'assurance que j'étais aimable, et capable d'aimer en retour, jusqu'au vent qui caresserait mes joues lorsque, demain, je m'engagerais sur un des nombreux quais du port de *Genova*, en direction du navire de croisière qui m'emporterait autour du monde.

Ça ne serait pas le deux-mâts de mes parents, il avait été revendu par son dépositaire depuis un bail, et peu m'importait. Qu'aurais-je fait d'un voilier, moi qui n'étais jamais montée sur un pédalo !

Tu aurais aimé naviguer avec ton adorable Monsieur X, avoue !

Oui, tonton, tu as raison, j'aurais aimé et même plus.

La voix rassurante et familière de Giuseppe, mon faux aïeul mais vrai tonton de cœur, nous accompagnait chaque jour, moi et mon chagrin, dans chaque recoin de mon *castello*. Elle murmurait encore à mon oreille, alors que j'écrivais quelques mots à l'intention de Joseph, au cas très improbable où il repasserait par ici :

Liste de ce qui est indispensable à ma vie : toi.

Je me jurai que ce serait la dernière (liste), puis je glissai la feuille entre les pages de *Gatsby le magnifique*, accompagnée d'une carte détaillant le périple que je m'apprêtais à entreprendre.

Au cas où...

En refermant le livre, je me jurai que je ne verserais plus de larmes. L'ancienne Eddie avait pleuré pour une vie entière, j'avais assez pleuré, l'autruche aussi. De toute façon, peut-on encore appeler « autruche » une femme qui a décidé de relever la tête et de garder les yeux grands ouverts ?

Joseph ne reviendra pas ici, Eddie.

Je sais, tonton.

Il ne tenait donc qu'à moi d'aller au-devant de lui, en me fiant à ce hasard qui nous avait, à six reprises déjà, mis sur le chemin l'un de l'autre.

J'avais prévu de donner un coup de pouce au destin en acceptant son dernier cadeau : la vérité sur la mort de mes parents et ce tour du monde en voilier dont ils rêvaient pour fêter mes seize ans.

Apprendre qu'ils ne m'avaient pas abandonnée avait changé mes perspectives. L'amour de Joseph Mandrain bouleversait ma vie chaque jour, et il était temps que je m'en rende digne.

Je partais donc pour une croisière de trois mois (cinquante escales dans vingt-huit pays) et je quitterais le *castello* comme j'étais arrivée, avec ma vieille valise à roulettes, mais chaussée des escarpins rouges que je n'avais jamais portés.

Allez savoir pourquoi.

C'est comme un dernier petit plaisir avant la route !

Tu as certainement raison, tonton !

Un dernier petit plaisir avant la route et une nouvelle vie.

54

Ce dernier matin, Eddie boit son café dans son atelier baigné de lumière, les yeux perdus au loin, sur le vert profond de ses chères vallées. Et comme tous les matins elle n'a pas besoin de grand-chose : un *ristretto*, la beauté de ce qui l'entoure, la douceur des fruits de son jardin et le souvenir de Djo, son inconnu du métro, son adorable Monsieur X, son aigle ébouriffé au cul rebondi, parti loin de trop avoir souffert. Et c'est en pensant à lui qu'elle a enfilé cette paire d'escarpins rouges qu'un vieil homme a modelés pour elle, il y a bien longtemps.

Comme à chaque fois qu'elle descend de sa colline, Eddie va saluer ses murs, ses pierres et la déesse du sous-sol. Elle va papoter avec les oiseaux, les tomates et les poules, se balancer sur la planche pourrie à la corde effilochée, enlacer le tilleul et donner une caresse à Vladimir qui fait des huit entre ses chevilles. Elle soulève contre elle son chat malingre, il plante ses griffes dans son épaule et niche sa tête dans son cou.

Il a l'odeur de sa maison.

Puis Eddie s'en va taquiner les araignées et les rongeurs, humer le parfum des roses, du chèvrefeuille et celui des cerisiers en fleur, et rendre un ultime hommage à ceux qu'elle aime comme ses ancêtres, en chantant *Bella Ciao* sous le chêne aux carillons.

Alors seulement, elle s'arrache à sa terre pour prendre un taxi qui la conduit au port de *Genova*. Comment quitter cet endroit qu'elle aime par-dessus tout, et comment rester alors que chaque mur, chaque fleur et chaque rayon de soleil lui rappelle Joseph ?

Et si, cette fois, le hasard ne jouait pas le jeu ?

Les bonnes résolutions d'Eddie s'effilochent, tandis qu'elle longe le ponton en direction de la mer, traînant sa valise derrière elle comme une âme en peine.

Bercée par le chant des drisses, elle finit par s'asseoir pour regarder partir les bateaux, jusqu'à en oublier l'heure de son embarquement pour des terres lointaines.

Pour ne pas rater le départ, Eddie se met à courir avec sa valise, ses escarpins rouges et son chagrin, elle court à perdre haleine vers un bateau qu'elle n'est plus sûre de vouloir prendre.

Et c'est l'instant qu'espérait Giuseppe sept années plus tôt, jour pour jour, en fixant la tige, quand il a donné un léger coup de canif au contrat, guidé par ce papillon venu se poser sur le bout de son nez : Eddie court, et le joli talon d'un des escarpins rouges casse, comme il se devait.

Eddie se tord la cheville en tombant, et se met à pleurer. Plus que la douleur, c'est la peine de voir le travail de ce grand-oncle qui n'était pas le sien abîmé par sa faute.

Les larmes coulent sur ses joues, alors qu'elle avait juré ne plus en avoir, elles coulent et Eddie pleure de ne pas savoir pourquoi elle pleure.

Elle ne le voit pas encore, mais sur ce ponton, à hauteur de l'endroit précis où le talon de la jolie chaussure rouge s'est brisé, est amarré un magnifique deux-mâts baptisé *Eddie*, comme un joli présage ou le signe du destin.

Sur le pont de ce voilier, un Vladimir bien dodu fait des huit entre les jambes d'un homme qui la regarde en souriant.

Et au fond de ses yeux, alors qu'il tombe amoureux d'elle pour la septième fois, il y a l'horizon.

Épilogue

Quand Eddie et Joseph sont arrivés au portail, nous ne les espérions plus. Cela faisait près de dix-huit mois que nous guettions leur arrivée.

À leurs mines burinées par les vents et le soleil, nous avons su qu'ils revenaient d'un long voyage autour du monde, et nos cœurs se sont serrés tandis qu'ils passaient devant le réverbère qui avait éclairé tant de nos souvenirs.

La pancarte *ATTENZIONE PERICOLO DI MORTE !* avait été recouverte de liseron pendant leur absence et, avec un peu d'imagination, on pouvait y lire *pericolo di amor*.

Ils ont gravi le chemin heureux comme des mômes, riant au milieu des papillons et des abeilles. Leurs gestes pour caresser les herbes folles, ou sentir les champignons sur les troncs d'arbres, leurs regards vers nos hautes pierres teintées de rose étaient si beaux qu'ils éclairaient la colline tout entière.

D'un même élan, ils ont enlacé le tilleul, puis ils se sont à tour de rôle assis sur la planche pourrie à la corde effilochée, que nous avions installée il y a si longtemps ; ils se sont attardés sur le seuil pour toucher la porte, avant de rentrer chez eux, ses bras à lui serrés sur elle, elle accrochée à son cou.

Des alliances brillaient sur leurs doigts entremêlés.

Nous les attendions partout, sous les hauts plafonds, dans le bois des poutres et des meubles couverts de toiles d'araignées, dans chacun des bols en porcelaine ébréchés, dans les cendres de la cheminée, sur le canapé où ils s'étaient aimés, et dans la psyché où ils se reflétaient, et où ils nous ont reconnus.

Nous les attendions sur la terrasse de l'atelier, sur le chemin aux arbres penchés et dans l'air vibrant des couloirs.

Leurs rires résonnaient alors qu'ils grimpaient à l'assaut de l'étage et filaient vers la promenade des quatre vents.

Nous les attendions dans le pigeonnier, dans chaque rayon de jour qui filtrait à travers les tuiles, dans les plumes virevoltantes et dans le chant des tourterelles.

Nous les attendions dans la pile de livres abandonnée au milieu des rémiges, sous le bouchon des vinaigriers et sur les arceaux de jasmin bourdonnant de vie, et dans la mousse couvrant les dalles de la cour.

Nous les attendions dans le reflet de la pierre à eau, où ils se sont vus, dans l'odeur du basilic et de la sauge, et celle des jambons séchés, nous les attendions dans le dédale des caves, aux pieds de la déesse des souterrains, dans le chatoiement de l'eau et de la poussière.

Et nous les attendions au pied de notre chêne où bruissent colliers de perles et carillons.

Nous sommes les vestiges des tempêtes essuyées et la voix de cette demeure, nous sommes chaque rocher, les tuiles et les poutres, chaque moellon érigé vers le ciel, nous sommes la terre et ses fruits, le lierre et la glycine, nous sommes le jour et la nuit, le rien et le tout, la cheminée qui ronronne et les bûches qui éclatent, le chant des pierres à eau, la saveur des aromates et le parfum des fleurs, nous sommes le rire des enfants, nous sommes le linge de maison qui claque sous le vent.

Nous sommes l'amour qu'ils attendaient.

À Jérôme Camut

Un jour ou l'autre, il vous tombe dessus sans crier gare. Cruel et facétieux comme un gosse, il adore se grimer, à tel point que sa propre mère ne le verrait pas même s'il était planté au milieu du couloir. Chaque jour, je remercie la providence, le destin et la chance de m'avoir permis de le reconnaître ; sa seule présence remplit ma vie.

PAPIER À BASE DE FIBRES CERTIFIÉES

Le Livre de Poche s'engage pour l'environnement en réduisant l'empreinte carbone de ses livres. Celle de cet exemplaire est de :
400 g éq. CO_2
Rendez-vous sur www.livredepoche-durable.fr

Composition réalisée par NORD COMPO

Achevé d'imprimer en mai 2022 en Espagne par
Liberdúplex - 08791 Sant Llorenç d'Hortons
Dépôt légal 1re publication : juin 2022
Édition 01 - mai 2022
LIBRAIRIE GÉNÉRALE FRANÇAISE
21, rue du Montparnasse – 75298 Paris Cedex 06

85/7783/7